KB041974

곧 마흔 워킹맘의 인생 업그레이드 성장기

이대로 마흔이 될 순 없어

유지혜 지음

책세상

차례

내 인생에 주는 선물

Page 4

내 삶은 내가 선택한다

프롤로그

무엇보다 '나다움'이 필요한 때

20대 중반에 참여한 자기계발 수업에서 '내가 꿈꾸는 미래의 내 모습'을 그리는 비전 보드를 만든 적이 있다. 비전 보드는 큰 종이에 꿈을 이룬 뒤의 내 모습에 가까운 사진이나 그림을 오려 붙이고 간단한 설명을 덧붙여 만든다. 한마디로 현실에서 목표를 이루기 위해 어떻게 살아야 하는지 생각하게 만드는 게시판이다. 비전 보드를 잘 보이는 곳에 붙여두고 매일 보면 원하는 목표에 더 가까워진다고 한다.

그때 만든 비전 보드에서 나는 '글로벌 전문가'이자 '결혼해서 단란한 가정을 꾸린 커리어우먼'이었다. 잡지에서 찾은 이미지로 본 내 미래는 자신감이 가득한 도전적인 눈빛에 완벽하게 세팅한 모습이었다. 꿈을 이루는 시기를 정확히 밝히진 않았지만, 아마도 마흔 살 무렵이면 가능하리라 생각했다.

20대에 나는 마흔이 된 나를 인생에서 가장 능력 있고 멋진 모습으로 상상했다. 마흔이면 경제적인 여유, 어느 정도 성장한 아이들, 안정되고 발전적인 커리어 등 인생에 필요한 것을 다 갖췄을 줄 알았다. 원하는 것을 모두 갖추고, 차분한 마음으로 인생의 달콤한 열매를 맛있게 따 먹을 준비가 되어있을 줄 알았다.

곧 마흔 살에 접어드는 나는 비전 보드에 그린 모습과 거리가 멀다. 특히 커리어우먼 하면 떠오르는 오피스룩, 완벽한 화장과 머리, 강렬한 눈빛을 찾아보기 어렵다. 매일 출근해서 종일 앉아 있는 사무실에 어울리는 옷차림은 신축성 좋은 바지와 단정한 셔츠로 충분하다는 사실을 일찌감치 깨달았다. 머리카락도 짧게 자른 지 오래다. 아침마다 출근 준비에 드는 시간을 절약하고 업무에 더 집중할 수 있다는 면에서 이런 '최적화된' 차림이 커리어우먼의 본모습에 가깝다는 것을 이제는 안다.

전문성은 어떤가? 직장생활 10년 남짓이면 한 분야에서 전문가로 성장하기에 충분하다. 여러 시행착오를 겪고 간접경험도 하면서 의미 있는 '축적'을 하는 데 그 정도 시간이 필요하다. 하지만 전문성을 갖출수록 고민은 계속된다. 이 길이 정답일까? 할 줄 아는 게 이 일뿐인데 5년 뒤, 10년 뒤에 계속 이 상태여도 괜찮을까? 앞으로 어떻게 될지 모르니 다른 업무도 좀 경험해야 하지 않을까?

그러다 어느 시점에 결심한다. 다른 분야나 조직으로 '도전'을 감행하는 것이다. 하지만 도전은 언제나 크고 작은 실패를 담

보로 한다. 새로운 분야나 조직에서 '나'라는 사람을 증명하려면 상당한 시간도 필요하다. 마음 깊은 곳에 자리 잡은 불안감은 언제 다시 고개를 들지 모른다. 이런 이유로 마흔에도 커리어는 여전히 고민거리다. 자신의 커리어 패스를 두고 "이만하면 더 바랄 것 없다"고 할 수 있는 마흔 살이 몇 명이나 될까.

곧 마흔인 나는 10여 년 전 꿈꾼 비전 보드의 화려한 모습과 조금 다른 모습이다. 기대한 모습과 거리가 멀다고 나는 목표를 이루지 못한 사람일까? 그렇지 않다. 나이를 좀 더 먹어보니 마흔에는 아직 모든 게 현재진행형일 수밖에 없음을 깨달았다. 비전 보드에 쓴 인생 목표는 변함이 없지만, 목표를 이루는 시기를 마흔 살이 아니라 좀 더 길게 잡아야 한다. 그리고 나에게 더 잘 맞는 방법을 구해야 한다.

나는 마흔 언저리에서 내가 어떤 사람인지, 무엇을 원하는지, 어떻게 나를 더 잘 키워낼 수 있는지 조금 알게 됐다. 지금 내 모습과 상황에서 이롭고 자연스러운 것을 가려낼 수 있게 됐다.

요시타케 신스케의 그림책 《이게 정말 나일까?》(주니어김영사, 2015)를 아이와 재미있게 읽었다. 주인공 지후가 자기 대신 숙제도 해주고 심부름도 해줄 로봇을 산다. 로봇과 함께 집에 가면서 어떻게 해야 로봇을 자신과 똑같이 만들 수 있을지 고민한다. 외

모를 똑같이 만들어볼까? 좋아하는 것과 싫어하는 것, 할 수 있는 일과 할 수 없는 일을 다 입력해볼까? 그러나 내가 어떤 사람인지 설명하려면 한두 가지 기준으로 부족하다.

책에서 나를 '아기 때부터 내가 모두 들어 있는 존재'라고 설명한 부분이 인상 깊었다. 아기였던 나는 점점 커가는 나를 차곡차곡 덧입으며 자란다. 그렇듯 지금의 나는 어디서 갑자기 나타난 게 아니라, 살아온 시간이 겹겹이 쌓여 만들어졌다. 작은 인형이 좀 더 큰 인형 속에 반복되어 담기는 러시아 인형 마트료시카처럼 말이다.

책을 보면서 마흔 살을 앞둔 나는 무려 서른아홉 겹을 덧입은 셈이라고 생각했다. 40년 가까운 시간 동안 내가 한 일과 생각이 차곡차곡 모여서 지금의 내가 만들어졌다. 어느 누구와도 같을 수 없는 패턴이다.

이런 내가 어떻게 해야 더 잘 살까 하는 고민은 계속된다. 더 나답기 위해, 나에게 더 좋은 것을 주기 위해 성장하는 방법을 찾아야 했다. 이 방법은 어디까지나 '지속 가능한' 것이어야 했다. 바짝 하고 나서 소진되는 방식이 아니라, 시간이 좀 걸리더라도 일상에서 지속할 방법이 필요했다. 이렇게 내게 맞는 방법이 무엇인지 고민하며 시도하고 나름대로 구한 방법을 이 책에 담았다.

직장생활을 하다 보면 나보다 20년쯤 앞선 선배들을 자주 만난다. 어느 조직이든 오래 몸담은 여성 선배들의 모습에서 드러나는 공통된 분위기가 있다. 경험에서 비롯된 각자의 철학으로 무장한 단단함이다. 이런 단단함이 풍기는 기운이 있다. 그 기운은 스스로 만든 것이다. 나만의 모습으로 단단해지려면 지속 가능한 방법을 찾아 하루하루 충실히 살아야 한다는 것을 깨닫는다. 아직 갈 길이 멀지만, 마흔 살까지 성장도 '나다움'으로 가능했다. 이대로 마흔이 될 수 없다는 깨달음과 내 경험이 누군가에게 작은 도움이 됐으면 한다.

삶의 무게를 가볍게 하는 지렛대

오후 12시 36분의 커피 맛

인생이 오전 9시에 시작된다면
마흔은 겨우 12시 36분

12:36

'아니, 뭐가 이렇게 많지?'

지난 연말, 해가 바뀌기 전에 서둘러 받은 건강검진 결과가 이메일로 왔다. 맨 앞장 '종합 소견'에 적힌 판정 결과가 빼곡했다. 요약하면, 몇몇 장기에 작은 용종과 낭종이 보이니 1년 뒤 추적검사가 필요하다는 것. 정상에서 벗어난 몇 가지 수치도 눈에 띄었다. 용종이나 낭종같이 반갑지 않은 단어를 인터넷에 검색해보니, 크기가 작고 다른 증상이 없으면 노화 과정에서 정상적으로 발생할 수 있는 것이란다. 꾸준히 건강검진을 하면서 더 커지지 않나 지켜보는 것이 관리 방법이라고.

건강검진 결과가 완전히 '나쁨'은 아닌 듯해 일단 안심했다. 하지만 구구절절 설명이 적힌 결과지를 보며 내 몸이 이제 '새것'에 속하지 않는다는 사실을 알았다. 가끔 소화기관에 탈이 나는 것 빼고는 아직 젊은 몸인 줄 알았는데, 장기가 세월의 흔적 같은 작은 주머니를 달고 노화 과정을 밟고 있다니 기분이 이상했다.

그동안 내 몸을 어떻게 돌봐왔는지 잠시 돌이켜봤다. 운동을 꾸준히 했으니 골밀도와 심폐기능은 걱정이 없다. 하지만 나쁜 식습관으로 소화기관을 좀 괴롭혔다. 대표적인 습관이 '빈속에 진한 커피 투하'다. 나는 아침에 출근하자마자 사내 카페로 달려가 진한 캡슐 커피 한 잔을 내린다. 그리고 자리로 돌아와 커피를 홀짝이며 본격적인 일과를 준비한다. 아이와 함께 준비하느라 숨가쁘게 출근해서 곧 들이닥칠 업무 사이에 두는 잠깐의 숨고르기다. 향긋한 커피 향과 진한 카페인으로 뇌와 심장을 두들겨 깨우기 위한 몽둥이질이기도 하다.

아침마다 들이붓는 카페인이 소화기관에 좋지는 않겠다고 막연히 생각했다. 게다가 빈속에 커피를 마신 날이 하루이틀이 아니다. 그 결과 위에 염증과 여러 개의 용종이 생겼다. 몇 년간 아침마다 몽둥이로 얻어맞은 위장에 생긴 매 자국 같다.

건강검진 결과에 지대한 영향을 끼친 또 다른 원인은 '노화'다. 나이 마흔과 노화라는 단어는 함께 써도 어색하지 않은 조합이다. 40년 가까이 이렇게 저렇게 썼으니 중고 장터 표현대로 '사용감'이 있어 새것 같음을 기대할 수 없는 상태가 됐다. 마흔 살이 넘으면 건강검진표에 추가되는 암 검진 항목이 그 증거다. 그때부

터 노화에 따른 각종 질병을 본격적으로 대비하기 시작해야 한다. 내 건강검진 결과도 각종 의학적 수치로 이를 분명히 드러냈다.

'100세 시대'를 생각하면 마흔은 아직 한참 젊은 나이지만, 생물학적인 노화를 생각하면 어쩔 수 없이 조급한 마음이 들기도 한다. 어릴 때는 마흔 살이면 커리어와 경제적 기반을 탄탄하게 갖춘 상태로, 인생의 많은 고민이 해결되리라 생각했다. 살면서 주어지는 여러 과제의 완성을 눈앞에 두고 흔들림 없이 살 거라 기대했다. 하지만 살아보니 아직 '완성'과 거리가 멀다. 열심히 달려왔으나 목표 지점은 아득하다. 지금도 뭔가를 탐색하고, 여전히 서툰 부분이 많다.

대부분 서른아홉 살이 되면 마음이 한없이 복잡해지는 경험을 한다. 마흔을 1년 앞둔 현재의 모습이 생각보다 별것 없다고 느끼기 때문이다. 몸은 슬슬 노화를 경고하는데, 내 삶은 이전과 별다르지 않다. 무력감과 우울감이 슬그머니 마음 한쪽에 자리 잡는다.

이렇게 속절없이 '중년의 위기'로 가는 급행열차를 타야 할까? 우울해하기 전에 그간 정말 변화가 없었는지 따져보자. 마흔 언저리의 내가 예전과 비교해 좋아진 점을 몇 가지 짚어봤다.

우선 시간에 따라 변하는 것에 덜 집착하게 됐다. 외모가 대표적이다. 한때 나는 색조 화장을 하지 않으면 벌거벗은 듯한 기분이 들었다. 매일 아침 진한 아이라인 그리기에 공을 들였다. 찰랑거리는 긴 생머리에 자존심을 걸기도 했다. 거울을 보면서 외모에 조금이라도 변화가 생기면 스트레스를 받고, 어떤 시술이 도움이 될까 알아보기도 했다.

지금은 화장을 전혀 하지 않고, 머리 모양도 별다른 손질이 필요 없는 커트 스타일이다. 아마 나이를 먹어서도 계속 이 모습일 것이다. 깔끔 외에 추구하는 것은 없다. 남은 평생 화장과 머리 모양은 지금 같은 스타일링 외에 고민하지 않기로 했다. 지속 가능함에 무게를 뒀다고 할까. 자연스러움만 남은 외모는 나이 들어가면서 개성으로 밀어붙일 참이다. 외모 변화에 관대해지니 다른 사람의 외모와 비교하지 않고 신경도 덜 쓰였다. 불필요한 에너지 소비가 줄어드니 중요한 일에 집중할 수 있어서 좋다.

인간관계도 그렇다. 학교나 직장에서 만난 사람들은 인생의 특정한 시기를 함께할 뿐, 그 시기가 지나면 멀어지게 마련이다. 사이가 나빠진다기보다 특별히 약속을 잡지 않고는 만나기 어려운 사이가 된다. 내 인생의 어느 시점에 함께하고 이후 관계에 얼마나 공들이느냐가 다를 뿐, 인간관계는 거의 예외 없이 '주기'가 있다. 지금 내 주변의 누구와 찰떡같이 좋은 관계라도, 아니면 조금 마음에 들지 않아도 언젠가 그 관계의 모양이 변하게 마련이

다. 어떤 인연이든 오가는 시기가 있음을 여러 번 경험하니, 인연이 들고 남에 전보다 덜 집착하게 됐다.

다음으로 우선순위가 자리바꿈했다. 지인이 전하는 가족의 부고가 늘어나기 시작했다. 부모님도 예전의 강하고 젊은 모습에서 점점 멀어지는 게 보인다. 부모님은 자주 편찮으시고, 관절이나 백내장 수술, 임플란트처럼 몸 이곳저곳을 고치는 일도 빈번하다. 곧 내가 부모님의 보호자가 될 때가 오겠구나 싶은 생각이 든다. 내 몸 역시 여기저기 조금씩 노화한다. 나와 주변 사람들이 언제까지 젊은 상태로 머물지 않는다는 것을 체감한다. 진부하지만 '건강이 최고', '가족이 최고'가 만고불변의 진리임을 깨달았다.

그래서 지금 내 울타리 안의 것에 더 집중한다. 지금보다 젊었을 때 나는 늘 마음 한구석에 어디론가 훌쩍 떠나고 싶은 열망이 있었다. 특히 20대 후반에는 아무도 나를 모르는 곳에서 시작하고 싶었다. 낯선 곳에서 혼자 이것저것 부딪치고 경험하며 완전히 새로운 세계를 탐험해보고 싶었다. 거기 어딘가에 인생을 바꿔줄 '한 방'이 있지 않을까 하는 막연한 기대와 함께 말이다.

지금 그런 열망은 고이 접어둔 상태다. 열정이 식어서라기보다 우선순위가 바뀌었다. 지금 나는 미지의 한 방으로 인생을 갈아엎고 싶지 않다. 그보다 내가 만든 울타리 안에 있는 것을 도닥

거리면서 가꾸고 지키는 데 열정을 쏟는다. 마흔은 가족과 건강, 지속 가능한 일상 지키기가 새로운 경험에 대한 갈망보다 앞서는 나이다. 그래서 현재의 삶을 어떤 모습으로 충실하게 살아야 하는지 더 고민하게 된다.

또 하나 좋은 점은, 완전하진 않지만 나름의 '빅 데이터'가 생겼다는 것이다. 40년 가까이 살면서 크고 작은 다양한 일을 겪다 보니, 사람과 사람 사이에 일어나는 일의 인과관계가 대략 보이기 시작했다. 10년 남짓한 사회생활 경험도 한몫했다. 그간 나도 모르게 쌓인 경험이 연결되어 통계가 생기고, 어떤 일이 일어나면 그 뒷이야기가 어떨지 짐작할 수 있게 됐다.

가수 이적의 어머니로 유명한 박혜란 작가는 《나는 맘먹었다, 나답게 늙기로》(나무를심는사람들, 2017)에서 마흔 살을 '사는 게 뭔지 대충 감 잡은 때'라고 정의했다. 이 '감'은 그간 쌓은 인생 빅 데이터를 근거로 한다. 이론으로 정립하기에는 덜 여물었지만, 사람 사이의 마음이 어떤 맥락으로 흐르는지 보이기 시작한다. 이런 이유로 어떤 마흔 살은 '젊은 꼰대'로 변하기도 한다. 어린 후배에게 경험에 따른 조언을 빙자해 자기 생각을 강요하는 식이다. 더 늙어서 '진짜 꼰대'가 되어 다른 사람들을 괴롭히지 않으려면, 설익은 빅 데이터에 근거한 충고를 남발하지 않도록 주의해야 하는 나이

가 마흔이기도 하다.

《김미경의 마흔 수업》(어웨이크북스, 2023)에서는 100세 인생을 하루 24시간에 빗대어 계산했다. 인생 시계가 자정부터 시작된다고 생각하면 50세는 해가 중천에 뜨는 정오다. 그보다 젊은 40세는 오전 9시 36분에 해당한다. 마흔 살은 일과로 치면 아침에 갓 출근해서 업무에 집중하기 시작할 때다. 김미경 작가는 사람들이 흔히 생각하듯 마흔 살에 어떤 성취를 하는 것이 당연하다고 여기면 안 된다고 말한다. 40대는 인생을 마무리하는 때가 아니라, 두려워하지 않고 도전해야 하는 때다.

나는 이 책을 보고 100세 인생을 직장인 업무 시간인 오전 9시부터 오후 6시까지의 기준으로 다시 계산했다. 오전 9시에 인생이 시작된다고 가정할 때, 마흔 살은 출근해서 3.6시간이 지난 오후 12시 36분이다. 한창 맛있게 점심을 먹고 커피도 마시면서 오후 업무 시간을 위해 힘을 축적할 때다. 혹여 오전에 좀 안 좋은 일이 있었어도 점심시간에 얼마든지 분위기 전환이 가능하다.

단순한 계산이지만, 마흔 살은 인생의 성과를 측정하기에 이른 시기임을 보여주는 예시다. 그러니 너무 조급하게 굴어선 안 되며, 오히려 인생의 오전 시간을 보내는 마음으로 설렘과 열정을 가져야 한다고 김미경 작가는 말한다.

얼마 전 SNS를 둘러보다가 인상 깊은 네 컷 만화를 발견했다. 어른과 아이가 대화하는 장면이다. 아이와 어른은 무척 닮은 모습이다. 아이는 계속 뭔가를 묻는다. "짜장면 자주 먹어?", "디즈니랜드 가봤어?", "집에 게임기도 있어?" 아이는 신나서 묻지만, 대답하는 어른은 아이와 사뭇 다른 표정이다.

그 아이는 어른의 어릴 적 모습이다. 어른은 아이가 꿈꾸는 만큼 훌륭한 어른이 되지 못했다는 생각에 미안해한다. 열심히 살았지만 꿈꾸던 과학자가 되지 못했고, 아직 집도 사지 못했다. 하지만 아이는 내가 멋진 어른이 됐다며 그저 신이 났다. 키가 커진 것도, 매일 짜장면을 먹는 것도, 게임기가 있는 것도 멋지다며 좋아한다. 아이 관점에선 꿈을 다 이룬 셈이다.

어릴 때 어떤 어른이 되기를 꿈꿨든 지금 우리는 생각보다 많은 것을 가졌고, 이뤘다. 40년에 가까운 시간은 우리를 진정한 '어른'에 조금 더 가깝게 만들어줬다. 그러니 마흔 언저리에 갖춰야 할 마음가짐은 인생에서 이루지 못한 것에 대한 조급함이나 어린 시절 자신에게 미안해하는 게 아니다. 부족한 듯 보여도 우리 안에는 많은 것이 축적됐다. 그러니 마흔을 준비하는 지금, 마음 한구석에 자리 잡은 조급함과 불안함을 내려놓으면 어떨까.

지금 나는 미지의 한 방으로 인생을
갈아엎고 싶지 않다. 그보다 내가 만든
울타리 안에 있는 것을 도닥거리면서
가꾸고 지키는 데 열정을 쏟는다.

새벽마다 얻는 자유

'언제가 해야지'는 소용없어.
바로 지금이야.

누가 내게 갖고 싶은 것이 뭐냐고 물으면 나는 '자유 시간'이라고 대답한다. 해야 할 일과 하고 싶은 일이 많아 늘 시간이 부족하다고 느끼기 때문이다. 하지만 자유 시간을 선물 받기는 쉽지 않다. 주말에 누가 아이를 대신 봐준다거나, 예정된 일정이 취소될 때 정말 선물처럼 생긴다. 그나마 혼자 보낼 수 있는 시간은 좀처럼 주어지지 않는다. 그래서 나는 어떻게 하면 자유 시간을 확보할 수 있을지 고민한다.

이런 고민을 하다가 새벽에 나만의 시간을 갖기로 했다. 주어지지 않으면 찾겠다는 생각으로 말이다. 새벽 5시에 일어나고, 출근 준비를 하는 아침 7시 30분까지 약 두 시간 반을 '나를 위한 시간'으로 정했다. 이 시간에는 주로 '누가 시키지 않았지만 꼭 하고 싶은 일'을 한다.

내가 새벽에 일어나기 시작한 때는 2018년 10월 육아휴직이 끝나고 복직한 뒤다. 임신하기 전에는 퇴근 후 집에서 지친 몸과 마음을 온전히 내려놓고 쉴 수 있었다. 그런데 아이가 생기고 육아휴직을 마치고는 퇴근 후에도 집안일과 육아를 해야 했다.

'워킹맘'이라는 단어가 워낙 익숙하고 주변 사람들이 다 그렇게 사니 나도 어렵지 않게 할 수 있을 줄 알았다. 그런데 퇴근하고 지친 몸으로 육아와 집안일을 하기는 쉽지 않았다. 무엇보다 '내 시간'이 없는 것이 힘들었다. 퇴근 후 저녁 시간에 운동이나 책 읽기처럼 생산적인 일을 하고 싶었다. 박사과정 논문을 마무리해야 하고, 휴직 기간 중 가물가물해진 업무 지식도 빨리 따라잡고 싶었다.

하고 싶은 일이 많았지만, 퇴근 후 집으로 다시 '출근'해서 육아와 집안일을 해야 하니 늘 시간이 부족했다. 하루가 너무 짧았고, 욕심과 조바심이 가득한 채 몸과 마음이 바쁜 나날을 보냈다. 그러던 어느 날 우연히 새벽 시간을 활용하는 유튜버 '돌돌콩'의 영상을 봤다. 그가 2년 반 동안 쓴 새벽 일기에 대한 영상, 독서와 영어 공부를 하는 새벽 루틴 영상을 보니 나도 한번 따라 해보고 싶었다.

처음에는 새벽 4시 30분에 일어나 명상하고 감사 일기 쓰기로 시작했다. 그렇게 30분 정도 보낸 뒤, 책을 읽고 운동을 했다.

본격적으로 출근 준비를 하는 7시 30분까지 세 시간은 생각보다 금방 갔다. 새벽 기상이 익숙해지자, 하고 싶은 일을 루틴으로 만들었다. 일주일에 두 번 전화 영어를 하고, 매일 운동을 했다. 논문 작업도 하루에 한 시간가량 진행했다.

루틴이 생기고 나니 조정할 부분이 눈에 띄었다. 정성 들여 감사 일기를 쓰는 건 좋은데 생각보다 오래 걸렸다. 매일 하려면 일기 쓰는 시간을 줄일 필요가 있었다. 아침 일기는 5분만 들여 간단히 쓰기로 했다. 그리고 책상에 앉아 그날 할 일을 시작한다.

<table>
<tr><th></th><th>월요일</th><th>화요일</th><th>수요일</th><th>목요일</th><th>금요일</th></tr>
<tr><td>5:00</td><td rowspan="4">공부, 독서 등 필요한 일</td><td rowspan="3">공부, 독서 등 필요한 일</td><td rowspan="4">공부, 독서 등 필요한 일</td><td rowspan="3">공부, 독서 등 필요한 일</td><td rowspan="4">공부, 독서 등 필요한 일</td></tr>
<tr><td>5:10</td></tr>
<tr><td>5:20</td></tr>
<tr><td>5:30</td><td rowspan="6">전화 영어 수업 (예습·복습 포함)</td><td rowspan="6">전화 영어 수업 (예습·복습 포함)</td></tr>
<tr><td>5:40</td><td rowspan="8">수영 강습 (이동 시간 포함)</td><td rowspan="8">수영 강습 (이동 시간 포함)</td><td rowspan="8">수영 강습 (이동 시간 포함)</td></tr>
<tr><td>5:50</td></tr>
<tr><td>6:00</td></tr>
<tr><td>6:10</td></tr>
<tr><td>6:20</td></tr>
<tr><td>6:30</td><td rowspan="6">운동 (달리기나 홈 트레이닝)</td><td rowspan="6">운동 (달리기나 홈 트레이닝)</td></tr>
<tr><td>6:40</td></tr>
<tr><td>6:50</td></tr>
<tr><td>7:00</td><td rowspan="3">공부, 독서 등 필요한 일</td><td rowspan="3">공부, 독서 등 필요한 일</td><td rowspan="3">공부, 독서 등 필요한 일</td></tr>
<tr><td>7:10</td></tr>
<tr><td>7:20</td></tr>
<tr><td>7:30</td><td colspan="5" rowspan="6">출근 준비</td></tr>
<tr><td>7:40</td></tr>
<tr><td>7:50</td></tr>
<tr><td>8:00</td></tr>
<tr><td>8:10</td></tr>
<tr><td>8:20</td></tr>
</table>

4시 30분에 일어나면 활용할 시간이 많지만 수면 시간이 부족할 수 있어 5시에 일어나기로 했다. 나의 일주일 새벽 루틴은 앞장의 표와 같다.

새벽 루틴을 만들 때는 우선순위 정하기를 추천한다. 나는 새벽에 수영 강습과 전화 영어 수업 시간이 정해졌기 때문에 다른 일은 그 외 시간으로 배치했다. 돈을 내고 받는 강습이나 수업은 약간 강제성이 있어 꾸준히 하는 데 도움이 된다.

새벽에도 중간중간 시간을 낭비할 수 있으므로 그러지 않도록 주의해야 한다. 나는 아무 생각 없이 인터넷 서핑을 하며 5~10분을 낭비하는 경우가 많아, 의식적으로 스마트폰을 멀리 둔다. 그리고 한 행동이 끝나면 곧바로 다음 행동으로 넘어간다. 예를 들어 전화 영어 수업이 끝나면 지체하지 않고 운동복으로 갈아입고 홈 트레이닝을 하거나 달리기를 하기 위해 집을 나선다. 그러면 계획한 일을 생각한 시간보다 빠르게 할 수 있다.

새벽 기상에서 가장 중요한 것은 '저녁에 일찍 자기'다. 새벽 기상은 잠자는 시간을 줄여 여유 시간을 확보하는 게 아니라, 저녁에 일찍 자고 아침에 일찍 일어나서 활동할 수 있도록 시간대를 조정하는 것이다. 아이를 키우는 사람은 아이와 함께 잠드는 패턴을 사용하면 새벽 루틴을 만들기가 좀 더 수월하다. 아이를 일찍 재우면서 같이 잠들면 충분한 수면 시간을 확보해 다음 날 새벽 기상이 어렵지 않다.

김유진 변호사는《나의 하루는 4시 30분에 시작된다》(토네이도, 2021)에서 새벽 시간은 하루 중 유일하게 '내가 주도하는 시간'이기에 중요하다고 말한다. 그는 4시 30분부터 시작하는 새벽 루틴을 찍은 유튜브 영상으로 화제가 됐다. 새벽 외 시간은 다른 이들과 얽혀 흘러가는 시간이다. 그러니 내 의지대로 흘러가지 않을 가능성이 크다. 작가는 이 시간을 '운명에 맡기는 시간'이라고 표현했다. 하지만 새벽 시간은 아무에게도 방해받지 않고 내가 주체가 되는 자유로운 시간이다. 이 소중한 자유는 나와 한 약속, 즉 일찍 일어나겠다는 약속을 지키면 얻을 수 있다.

김유진 작가가 말한 '운명에 맡기는 시간'은 워킹맘 시간의 대부분에 해당한다. 직장에서는 말할 것도 없고, 아이와 함께 있는 시간에는 신경이 온통 아이에게 쏠려 정신을 온전히 집중하기 어렵다. 그렇게 하루를 보내면 몸과 마음이 지쳐서 다른 일은 아무것도 할 수 없다.

가족을 포함해 다른 사람들이 활동하는 시간은 내가 주도하는 시간이 아니다. 모두가 잠든 새벽이 오로지 내가 주도할 수 있는 시간이다. 그래서 나는 새벽 시간을 잘 보내면서 하루를 시작하는 것을 중요하게 생각한다. 새벽이 하루 중 유일하게 '급하지 않지만 내게 필요한 일'을 할 수 있는 시간이기 때문이다.

새벽 시간은 내 삶을 특별하게 만들어준다. 새벽 시간을 활용하면서 뭐든 할 수 있다는 자신감이 생겼다. 새로운 일을 하고 싶을 때, 마치 테트리스를 하듯 그 루틴에 포함하면 되기 때문이다. '언젠가 무엇을 해야지' 생각하지만, 그 '언젠가'를 지금으로 만드는 게 중요하다. 그런 점에서 내가 일상의 패턴을 약간 바꿔서 만든 새벽 시간은 꿈꾸는 미래로 가기 위해 일상에 만든 출구다.

새벽 시간은 아무에게도 방해받지 않고
내가 주체가 되는 자유로운 시간이다.
이 소중한 자유는 나와 한 약속,
즉 일찍 일어나겠다는
약속을 지키면 얻을 수 있다.

달리면
달라지는 것들

진정한 자기관리는 체력 관리!

동료들과 대화를 나눌 때 '이 구역의 전설 같은 선배'만큼 흥미로운 주제가 없다. 조직의 역사를 쓴 선배가 '한때 날린' 이야기는 십수 년 넘게 전해 내려온다. 거대한 피라미드의 윗자리에 오르려면 운도 좋아야 하지만, 업무 능력과 성실함 같은 기본 자질을 갖춰야 한다. 그런 선배의 능력과 관련된 에피소드 끝에 항상 따라오는 말이 있다.

"게다가 체력도 엄청나셔."

정말 그랬다. 나 역시 같은 조직에 10년 넘게 몸담으며 한결같은 선배는 뭔가 다르다는 것을 알게 됐다. 식품과 의약품의 안전을 위해 존재하는 조직의 특성상 문제가 터지면 원인 파악부터 해결 방안 도출까지 잠시도 지체할 수 없다. 정확하고 신속한 판단이 생명이다. 그러다 보니 밤새우고 주말을 반납하는 일이 부지기수다. 이럴 때 맨 앞에서 진두지휘하는 선배는 하나같이 탄탄한 체력을 기반으로 복잡한 상황을 헤쳐가는 분이었다. 그런 모습을 보면서 '진정한 자기관리는 체력 관리'라는 생각을 했다.

"멘탈이 강해지려면 어떻게 해야 할까요?"라는 물음에 자기계발 전문가는 체력부터 키우라고 말한다. 정신력과 체력은 따로 떼어 생각할 수 없다. 몸이 늘 피곤하고 여기저기 아픈데 정신력만 살아남는 상황은 존재하지 않는다. 조직에서 수십 년 동안 일하며 어려운 상황에 크고 작은 결정을 하는 이는 누구보다 체력이 강한 사람이다.

운동을 통해 정신력이 강해지는 경험은 자존감과도 연결된다. 곽정은 작가는 유튜브 영상에서 '유리 멘탈'을 벗어나는 확실한 방법으로 '근력 운동'을 꼽았다. 몸의 근육을 키우면서 하는 긍정적인 경험이 자존감에 좋은 영향을 준다. 그는 몸이 강해지는 과정에서 느끼는 자기 효능감을 통해, 어떤 상황이든 극복 가능하다는 자신감을 가지면 자연스럽게 유리 멘탈에서 벗어날 수 있다고 말한다.

체력 관리는 다이어트나 운동으로 지방을 태우고 날씬하게 만드는 '체형 관리'와 확실히 다르다. 남들이 보기 좋게 몸을 깎아내는 것이 아니라, 살아가는 데 필요한 근육을 키우고 가동 범위를 넓히는 과정이다. 이런 의미에서 체력 관리는 '근육 단련'이라

고도 할 수 있다. 근육 단련은 내 근육이 어떻게, 얼마나 움직일 수 있는지 파악하고 키워가는 과정이다. 운동하면서 근세포에 미세한 손상이 생기고 회복하는 과정을 수없이 거쳐야 근육이 자라난다. 어쩌다 한 번 과격한 운동을 하는 것보다 일주일에 세 번 이상 숨이 차고 땀이 흐르도록 운동해야 근육이 커지고 체력을 키울 수 있다.

《마녀체력》(남해의봄날, 2018)을 쓴 이영미 작가는 십수 년간 에디터로 일하며 성인병과 저질 체력으로 고생하다가 마흔 이후 본격적으로 운동을 시작했다. 게다가 강철 체력만 할 수 있다는 철인 3종 경기와 마라톤 풀코스를 수없이 완주했다. 작가는 운동을 시작하고 나서 인생이 완전히 달라졌다고 말한다. 그는 오랫동안 고전하던 출판 브랜드의 갱생 프로젝트를 맡아 멋지게 성공시킨 일화를 들며, 이 모든 성과는 운동으로 체력을 키우지 않았다면 불가능했을 것이라고 한다. 체력이 강해지면서 내공과 인내심이 쌓였기 때문이다. 스트레스와 고통을 이겨낼 수 있는 나만의 힘이 생겨 짜릿한 성취를 얻었다.

운동으로 체력을 키우면 인생이 달라질 수 있다는 데 공감한다. 나 역시 10년 넘게 달리기로 체력을 키워왔다. 처음부터 운동에 흥미가 있거나 잘하진 않았다. 학창 시절 체육 시간은 피하고 싶은 시간이었다. 몸을 쓰는 활동에 익숙지 않은 데다, 남들이 보는 앞에서 점수까지 매겨진다고 생각하니 체육 활동이 조금도 즐겁지 않았다. 10대에 나는 늘 운동 부족형 과체중에 소화불량 상태였다. 워낙 운동을 못하는 사람이라서, 땀 흘리고 근육 쓰는 일은 나와 거리가 먼 일로 생각했다.

하지만 학교를 졸업하고 더는 체육 활동이 점수 매기는 대상이 아닐 때, 조금씩 운동에 관심이 생기고 무엇을 하면 좋을지 여기저기 기웃거리기 시작했다. 그러다가 20대 후반, 직장생활을 하면서 달리기에 본격적으로 관심을 쏟았다. 시작은 직장 후배와 나눈 대화였다. 주말에 뭐 하고 지냈냐고 물으니 10킬로미터를 달렸다고 했다. 10킬로미터를 달렸다고? 일반인이 달리기한 거리 단위가 '킬로미터'라니 깜짝 놀랐다. 후배는 전문 마라토너가 아닌데 아무렇지 않게 그 엄청난 거리를 달렸다고 했다. 문득 '나도 한번 해봐?'라는 생각이 들었다.

그날부터 저녁 산책에 달리기를 조금 추가했다. 그리고 차차 달리기 비중을 높여갔다. 달리기는 걷기보다 훨씬 힘들어서 생각보다 몸이 가볍게 나가지 않았다. 빨리 걷기와 크게 다르지 않은 속도지만, 달리기한 뒤에 숨이 더 차고 심장이 뛰는 느낌이 좋았다.

산책 코스를 달리기로 완주할 수 있을 무렵, 스포츠 브랜드

에서 하는 10킬로미터 달리기 행사에 참여했다. 주최 측이 제공하는 빨간 티셔츠를 입고 수만 명이 광화문에서 여의도공원까지 달리는 도심 축제 같은 행사였다. 초보 중의 초보 러너인 나는 10킬로미터를 완주하는 데 두 시간 가까이 걸렸다. 무척 힘들었지만 인파에 휩쓸려 달린 덕분에 가능했다. 대부분 차를 타고 빠르게 지나다니던 서울의 큰 도로에서 수많은 사람과 함께 달리는 경험은 기대 이상으로 특별했다. 10킬로미터를 완주하고 나니 왠지 운동선수가 된 기분이었다.

그 후 나는 저녁마다 동네를 달렸다. 시간이 갈수록 서울 한복판을 달린 감동은 옅어졌지만, 운동 후 분비되는 엔도르핀은 점점 늘어났다. 달리기를 30분 이상 지속하면 어느 순간 고통을 잊고 희열을 맛본다는 '러너스 하이runner's high' 같은 느낌이 찾아오기도 했다. 날마다 숨이 차게 운동하다 보니 10대 때부터 달고 살던 소화불량과 속쓰림이 어느 순간 사라졌다. 운동을 이틀 이상 거르면 찌뿌둥해서 견디기 힘들었다. 무엇보다 내가 근육을 움직여 땀이 날 만큼 몸을 쓸 수 있는 사람임을 알게 됐다. 꾸준히 달리기하며 '나는 운동과 거리가 먼 사람'이라는 생각에서 벗어났다.

운동을 시작하고 싶은 사람들에게 단연코 달리기를 추천한다. 달리기만큼 쉽게 시작할 수 있는 운동이 없다. 걷기도 좋지만

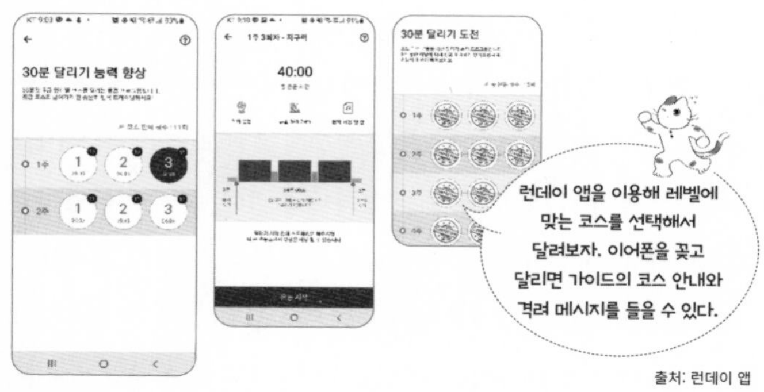

출처: 런데이 앱

운동 효과를 보려면 반드시 숨이 차고 땀이 나야 한다. 걷기보다 느려도 달려야 운동 효과가 좋다.

달리기하면서 스마트폰 앱을 사용하면 도움이 된다. 좋은 달리기 앱이 많지만 나는 '런데이' 앱을 사용한다. 초보를 위한 '30분 달리기 도전'이나 '30분 달리기 능력 향상' 같은 프로그램을 이용해 일상적인 달리기를 하면서 실력을 향상할 수 있다. 달리기가 익숙지 않은 사람도 프로그램을 따라 하다 보면 어느 순간 30분 달리기가 가능해진다. 준비물은 쿠션 좋은 운동화와 무선 이어폰, 스마트폰을 허리에 고정하기 위한 운동용 히프 색hip sack이면 완벽하다.

매일 크고 작은 과제에 도전해야 하는 직장인에게 운동은

필수다. 운동하는 자체만으로 직장에서 겪는 어려움이 사라지는 것은 아니다. 하지만 숨이 찰 때까지 운동하다 보면 나를 괴롭히는 문제가 어느 순간 머릿속에서 떠나고, 운동을 마치고 일상으로 돌아오면 그 문제가 크게 느껴지지 않는다. 나를 압도하던 문제를 작아지게 만드는 방법이다. 격렬하게 운동할수록 이런 경험이 확실해진다. 운동이 업무 스트레스를 다스리는 가장 좋은 방법이다.

조직에서 '오래 버티는 사람'의 비결이 바로 이것이다. 직장생활이 힘들수록 스트레스를 관리하는 데 운동이 필요하다. 운동하면서 몸의 근육이 커지는 동안 정신 근육도 자란다. 그래서 꾸준히 운동하면 멘탈이 강한 사람이 될 수 있다. 마흔이 넘어서도 성장에 욕심나는 사람이라면, 다른 능력보다 먼저 근력을 키우자. 체력 관리는 정신력까지 키우는 최고의 성장 비결이다.

집 나간 뇌를
찾습니다

스마트폰에 저당잡힌
나의 스마트함을 되찾고 싶어!

손 뻗으면 닿는 곳에 늘 스마트폰이 있다. 요즘 스마트폰은 있으면 유용한 도구 정도가 아니라 필수품이다. TV는 며칠 안 봐도 별문제 없지만, 스마트폰 없이는 하루도 못 견딘다. 삶의 많은 부분이 스마트폰으로 해결된다. 지인과 연락을 주고받기는 물론이고, 필요한 물건을 살 때도 가격 비교로 가장 저렴한 것을 고를 수 있다. 기분 전환이 필요하면 스마트폰으로 웹툰을 보거나 유튜브, 넷플릭스 영상을 본다. 육아 정보가 필요해서 검색창에 단어를 입력하면 수많은 결과가 쏟아진다. 엄지손가락으로 스크롤을 쭉쭉 내리다 보면 필요한 정보를 찾을 수 있다. 스마트폰은 가장 좋은 친구이자 조언자이자 장난감이다.

어린아이들도 스마트폰이 주는 즐거움을 잘 안다. 화려하고 빠른 어린이용 동영상이 유튜브에 매일 업데이트된다. 오락이나 학습 목적으로 만든 게임 앱도 많다. 아이에게 스마트폰만 쥐여

주면 혼자 몇 시간이고 논다. 어른들에게 스마트폰 사용이 일상이 된 것처럼, 아이들도 매일 일정 시간을 스마트폰이나 태블릿을 사용하는 데 보낸다. 집마다 하루에 스마트폰을 얼마나 사용할지 정하지만 유명무실하다. 정해진 시간이 지났는데도 더 하고 싶다는 아이와 부모 사이에 수시로 전쟁이 벌어진다.

스마트폰이 주는 즉각적인 재미를 알아버린 아이들은 유독 심심함을 견디지 못한다. 밥을 먹으면서도, 차를 타고 이동하는 20~30분도 심심하다고 말한다. 집에서 잘 노는 것 같다가도 얼마 지나지 않아 '심심하다'를 연발한다. 유튜브를 보게 해달라는 뜻이다. 아이와 조금 놀아주다 지친 어른은 결국 스마트폰을 쥐여주고야 몸과 마음의 평안을 찾는다.

'팝콘 브레인'이라는 말이 있다. 팝콘처럼 튀는 자극적인 것에만 반응하고 일상생활에는 무감각해진 뇌를 가리키는 말로, 스마트폰 영상이나 게임에 지나치게 노출된 결과다. 스마트폰을 켜면 언제나 재미있는 영상이 있다. 전에 본 것과 비슷한 동영상이 계속 추천 목록에 뜬다. 미리 보기 화면에 끌려 클릭했다가 재미없다 싶으면 몇 초 만에 다른 동영상으로 갈아탈 수 있다. 뇌가 짧고 강한 자극에만 반응하다 보니 조절 능력을 잃어버리고 일상적인 자극에 둔감해진다. 능동적인 집중이 어렵고 상황과 맥락을 이해하지 못하는 일방적인 뇌가 된다.

스마트폰 사용이 아이의 두뇌 발달에 좋지 않다는 생각에 부모는 자녀가 스마트폰에 중독되지 않도록 늘 애쓴다. 아이가 스마트폰을 사용하게 해달라고 할 때마다 신경이 곤두서서 얼마나 사용할지, 무엇을 할지 엄격히 다짐을 놓고 내준다. '유튜브 키즈YouTube Kids' 앱을 써서 덜 자극적인 영상만 나오도록 한다. 사용시간을 정해놓고 그 시간이 지나면 자동으로 꺼지게 설정한다. 게임을 할 때도 이상한 광고가 많이 나오지 않는지, 게임 내용은 무엇인지 확인한다. 스마트폰 노출은 되도록 줄이고, 아이가 심심해하면 같이 책을 읽거나 그림을 그리는 등 최대한 능동적인 방법으로 놀 수 있도록 노력한다.

여기서 잠깐, 생각해볼 게 있다. 아이의 스마트폰 사용은 적극적으로 제한하면서 나 자신은 어떤가? 사실 스마트폰 사용에서 정작 우려스러운 것은 나다. 내가 스마트폰을 쓰는 시간이 아이보다 훨씬 길다. 필요한 때 쓰느냐 하면 그렇지도 않다. 문제가 바로 여기 있다. 종일 틈틈이 '스마트폰 유흥'이 끼어들기 때문이다. 내가 스마트폰을 주로 어떻게 쓰는지 한번 돌아봤다.

아침에 눈 뜨면 몸을 일으키기 전에 자주 가는 인터넷 커뮤니티에 새로 올라온 글을 확인한다. 주로 잠 깨는 용도다. '조회 수' 버튼을 누르면 간밤에 사람들이 많이 클릭한 순서대로 글이 정렬된다. 어떤 글이 가장 인기 있고 댓글이 많이 달렸는지 한눈에 들어온다. 글의 주제는 매우 다양하다. 전날 사회 이슈를 가지고 설전이 벌어졌을 수도 있고, 유머 글이 올라와 한바탕 웃고 떠들었을 수도 있다. 알아두면 유용한 정보, 생활 '꿀팁'도 보인다. 글에 달린 댓글까지 본다. 눈도 제대로 뜨지 못한 상태에서 뒤늦게(?) 따라잡느라 엄지손가락이 클릭과 스크롤을 반복한다. 어두운 방 안에서 손바닥만 한 화면 속 작은 글씨를 게슴츠레한 눈으로 좇는다. 두세 페이지에 걸쳐 다양한 이슈를 살피고 나면 서서히 잠이 깬다.

다음은 SNS다. 지인이 올린 사진에 '좋아요(♥)'를 누르고 짧은 댓글 달기로 시작해, 곧장 '둘러보기'로 향한다. 다른 사람들이 어떤 모습으로 살고 있는지 형형색색 사진이 쏟아진다. 몇 차례 클릭과 스크롤로 얼마나 멋진 삶인지 알 수 있다. 스크롤을 아무리 내려도 끝이 없다. 사실 나와 전혀 관계없는 사람들이지만 그들은 하나같이 자신만의 색깔로 잘 사는 것 같다. 부러움 반 호기심 반으로 홀린 듯이 살펴본다. 피식 웃게 만드는 유머 글이나 연재만화에 마음을 빼앗겨 그 자리에서 '정주행'을 하기도 한다.

이부자리에 누워 스마트폰을 만지작거리며 20~30분을 보내는 동안 저절로 잠이 깬다. 사실 잠 깨는 데 이만한 게 없다. 산발적인 정보를 이것저것 눈에 담는 동안 교감신경이 나도 모르게 활성화된다. 눈이 떠지고 정신이 맑아진다.

이렇게 하루를 시작하면 종일 아침에 본 글이나 사진의 영향을 받는다. 아침에 스마트폰으로 집어넣은 정보가 파편처럼 뇌에 박혀 조금씩 영역을 넓힌다.

'넷플릭스에 새로 올라온 드라마가 그렇게 재미있다고?'

'새로 생긴 ○○빵집이 요즘 뜨는구나. 몰랐네. 다음에 가봐야겠다.'

'정치인 △△가 ☆☆했다는 게 이런 뜻이었구나.'

'그 사람 헤어스타일 멋지던데. 나도 해보고 싶네. 미용실 좀 알아볼까?'

출근해서 컴퓨터를 켜는 시간, 커피 마시는 시간, 화장실 가는 시간에도 머릿속에서 여러 가지 생각이 데굴데굴 굴러다닌다. 뇌가 여러 조각으로 갈라져 어떤 부분은 업무를 수행하고 어떤 부분은 새로운 정보를 처리한다. 틈틈이 '추가 미션'도 완수한다. 핫플레이스 위치를 알아보고, 유튜브에 올라온 드라마 요약 영상을 보고, '핫한' 이슈를 검색해 전말을 확인한다.

흥미를 끄는 짧은 정보는 중독성이 매우 강하다. 종일 나도 모르게 스마트폰에 손이 간다. 특히 스트레스를 받는 상황에서 자연스럽게 스마트폰을 들고 짧은 도피를 감행한다. 업무에 집중해야 할 시간에 보고서 쓰기 어렵다는 부담감을 떨치기 위해 스마트폰을 들고 5분간 아무 데나 순례(!)하고 돌아오는 식이다. 그 짧은 도피 후에는 업무가 늦어져서 받는 더 큰 스트레스가 기다리고 있다. 집중력을 회복하는 데도 한참 걸린다.

아무 정보가 입력되지 않는 짧은 공백도 참지 못한다. 운전 중 신호를 기다리는 2~3분 동안 스마트폰을 들고 업데이트된 정보가 없나 살펴보다가 뒤차가 빵빵거리는 소리에 깜짝 놀라 출발하는 일도 부지기수다. 심지어 브레이크에서 발을 떼 바퀴가 슬슬 굴러가는데 스마트폰에서 눈을 떼지 못하기도 한다.

업무 중에, 운전 중에 틈틈이 스마트폰 속 세상을 헤매는 멀티태스킹이 과연 내게 도움이 될까? 그럴 리 없다. 특히 뇌 기능에 치명적이다.

멀티태스킹이 뇌를 망친다는 신경과학 연구 결과가 있다. 미국 스탠퍼드대학교에서 연구한 결과에 따르면, 뇌가 한꺼번에 여러 가지 정보에 노출되면 주의력이 낮아지고 기억력이 나빠진다고 한다. 쓸데없는 정보를 걸러내기도 어려워진다. 생산성을 높인다며 모니터 두 대에 업무 화면과 인터넷 기사를 띄우고 틈틈이

스마트폰으로 한 번에 메시지를 처리하는 멀티태스킹은 효율적인 방식이 아니다. 오히려 여러 가지 일이 서로 방해한다. 일시 중단된 작업에 다시 집중하는 데 평균 23분 15초가 걸린다고 한다. 한 작업에 몰두했다가 3초 이상 중단하면 다시 그 작업을 수행할 때 실수할 위험도 두 배나 높아진다.

이런 이유로 신경과학자들은 '모노태스킹'을 적극 권장한다. 뇌를 효율적으로 쓰려면 한 번에 한 가지 작업을 수행해야 한다. 인간의 뇌는 원래 한 번에 여러 가지 일을 하도록 만들어지지 않았다. 중요한 일을 할 때는 인터넷, TV, 스마트폰 등으로 방해받지 않는 환경을 만들어야 한다. 틈틈이 10분 정도 명상을 하거나 '멍때리기'로 뇌를 비우고, 집중하기 어려우면 휴식을 취해야 뇌를 효율적으로 사용할 수 있다.

업무 중 스마트폰 사용은 더욱 주의해야 한다. 업무에 집중해야 할 뇌가 스마트폰에 의해 방해를 받기 때문이다. 다시 집중하는 데 훨씬 오래 걸리고, 실수하기 쉬운 상태가 된다. 업무 성격상 여러 가지 일을 한꺼번에 처리해야 한다면 특히 그렇다. 업무 자체로도 멀티태스킹이 필요한데 스마트폰까지 가세하면 뇌를 '두 번 죽이는' 셈이다. 중요한 판단을 해야 할 때 머리가 돌아가지 않고, 바로 며칠 전에 벌어진 일도 잘 기억하지 못한다. '일잘러'는 커녕 알던 것도 모르는 바보가 된다.

나는 눈뜨자마자 인터넷 커뮤니티나 SNS를 보며 잠을 깨지 않기로 했다. 정신이 가장 고요한 아침 시간에 다른 이들의 글이나 댓글, 사진이 머릿속을 점령하지 않도록 하는 것이다. 일찍 일어나 새벽 시간을 활용하려면 더욱 그렇다. 자리에 앉아 '조금만 봐야지' 하고 스마트폰을 열면 나도 모르게 시간이 훅 지나간다. 무의미하게 시간을 낭비하고, 내가 선택하지도 않은 정보가 자동으로 입력돼 뇌를 마구 자극한다. 필요한 일에 집중하는 데 방해가 될뿐더러, 기분도 그다지 상쾌하지 않다. 하루를 편안한 상태로 시작할 수 없는 것이다. 잠자리에서 눈뜨면 심호흡을 몇 번 하고 일어나 물을 마시고 바로 자리에 앉는다. 그렇게 할 일을 시작하면 스마트폰으로 잠에서 깼을 때보다 집중이 잘되고 진도가 잘 나간다.

틈틈이 스마트폰을 사용하는 시간도 줄이기로 했다. 일상적인 일을 하며 스마트폰을 곁에 두는 경우가 많다. 화장실에 갈 때나 빨래를 개킬 때, 아이 밥 먹일 때, 운전할 때 스마트폰으로 뭔가를 보거나 듣는 식이다. 원래는 손발이 움직이는 동안 필요한 지식이나 정보를 틈틈이 입력하자는 의도였지만, 그렇게 입력된 정보는 이내 흩어져 나중에는 기억조차 나지 않는다. 차라리 원래

하려던 일에 집중하면서 정신은 고요하게 두는 것이 낫다.

출근하면 스마트폰이 눈에 띄지 않게 가방 안에 두거나 뒤집어서 책상 구석에 놓는다. 메시지를 확인할 때는 스마트 워치의 도움을 받는다. 화장실에도 웬만하면 스마트폰을 들고 가지 않기로 했다. 볼일을 보는 동안 스마트폰을 하면 잠시 기분 전환은 되지만, 계속 화면을 들여다보다가 필요 이상의 긴 시간을 보내기 때문이다. 방금 본 화면의 잔상이 업무를 위해 두뇌를 다시 가동하는 데 방해가 되기도 한다. 기분 전환을 위해서는 점심시간이나 오후에 잠깐 한두 번 사용하기로 했다.

스마트폰이 주는 다양한 정보의 유혹을 떨쳐내기는 쉽지 않다. 특히 스트레스에서 벗어나기 어려울 때 잠시 그 상황을 잊게 해주기 때문이다. 잠시 흥밋거리에 집중하는 것이 '생각이 너무 많은 괴로움'에서 벗어나게 해준다. 스마트폰을 내려놓으면 머릿속에서 뭉게뭉게 피어오르는 생각 때문에 속이 더 시끄럽다고 느껴질 때도 있다. 그렇다고 다시 스마트폰 속 세계를 여기저기 헤매면 오히려 속이 더 복잡해진다. 기분 전환이 필요할 때는 스마트폰 대신 가벼운 책을 읽거나, 짧은 산책을 하고 돌아오면 머리를 비우는 데 도움이 된다.

스마트폰 사용을 줄여보니 의외로 내게 주어진 시간이 많다는 것을 깨닫는다. 10분 정도 절약되기도 하지만, 이후에 뇌가 작동하는 데 영향을 받기 때문이다. 앞서 살펴본 스탠퍼드대학교의 연구 결과처럼 집중력을 회복하는 데 상당한 시간이 필요하다. 기분 전환한 시간보다 '뇌가 제자리로 돌아오기까지' 오래 걸리는 셈이다. 그런 시간을 모으면 할 일을 바쁘게 처리하지 않아도 시간이 천천히 흘러간다. 틈틈이 스마트폰을 사용하던 때보다 '덜 바쁘다', '여유 있다'는 느낌이 든다.

전에는 뭔가 잘 생각해내지 못하고 깜박깜박 잊어버리는 일이 많았다. 시간이 부족할 정도로 할 일이 많고 바쁘기 때문이라고 생각했는데, 스마트폰 사용 시간을 줄이고 나서 깜박 잊고 놓치는 일이 확실히 줄었다. 머릿속이 고요해지면 해야 할 일이 스치듯 떠오른다. 요즘 겪는 문제를 해결할 방법이 떠오르기도 한다. 이런 것을 메모하면 놓치지 않을 수 있다. 스마트폰 사용을 줄이니 전보다 일에 집중하게 됐다.

어릴 때 영상으로 즐기는 오락거리는 TV 만화영화가 전부였다. 1990년대 초반에는 TV 방영 시간이 아니면 더 볼 게 없었다. 심심할 때 어떻게 즐거움을 찾느냐가 매일 과제였다. 뭘 하면 재미있을지 연구하면서 창의력과 상상력이 풍부해졌다. 심심함이 '기본값'이던 시절, 우리는 모두 스마트했다. 우리 안에 있는 '스마

트함'을 되찾으려면 시도 때도 없이 불필요한 정보를 입력하지 않아야 한다. 생각에 여백이 생기도록 말이다.

스마트폰 사용을 줄이면 자기도 모르게 잃어버린 시간과 기억력을 되찾을 수 있다. 최소한 아침 시간, 특히 일어나면서부터 스마트폰을 사용하던 습관을 사흘만 멈춰보자. 머릿속이 한결 편안해지고 이상하게 불편하던 기분도 나아진다. 그리고 스마트폰을 사용하기 전의 스마트한 나를 다시 만날 수 있다.

어제와 오늘의
미묘한 차이

인생도 수영처럼 레벨이
착착 오르면 얼마나 좋을까?

재작년부터 동네 수영장에서 새벽 수영 강습을 받고 있다. 원래 어린이 전용 수영장이지만 새벽에는 성인 강습반을 운영한다. 성인반은 늘 대기자가 있을 정도로 인기가 많다. 새벽 시간이지만 출석률이 높으며, 레인마다 수강생이 대여섯 명이다.

처음에는 네 개 레인 중 가장 오른쪽 '왕초급반' 레인에서 강습을 받았다. 초보자는 발차기와 몸을 물에 띄우는 방법부터 배운다. 그리고 발차기를 하며 물속에서 숨쉬기 연습을 한다. '음~파' 호흡법이다. 그다음에는 팔을 젓는 동작을 발차기, 숨쉬기와 연결하는 법을 배운다. 양팔을 번갈아 젓는데, 오른팔을 저을 때 오른쪽 옆으로 고개를 살짝 돌려 숨을 들이마신다. 이 동작을 발차기 리듬에 맞춰서 해야 한다. 동작을 계속 연결하며 앞으로 나아가는 것이 자유형 영법이다.

이게 말처럼 쉽지 않아, 몇 달에 걸쳐 자세를 바로잡으며 배웠다. 머리로는 어떻게 하는지 잘 알았다. 동작을 연결해 지속하기가 문제였다. 무엇보다 호흡이 어려웠다. 자유형 호흡 리듬이 물 밖에서 숨 쉬는 리듬과 맞지 않았다. 뱉는 숨에 비해 마시는 숨이 턱없이 짧았다. 가쁜 숨을 해결하지 못한 상태로 나아가려니 당연히 지속하지 못했다. 수영장 길이가 25미터인데, 절반도 못 가고 멈춰서 씩씩대며 숨을 골랐다. 뒤따라오던 수강생들이 나 때문에 서로 부딪혀 흐름이 끊기는 일이 부지기수였다.

그래도 수영 강습에 매번 성실히 참석했다. 진도는 계속 나갔다. 배영, 평영, 접영 동작을 차례로 배웠다. 숨 쉬는 것만 놓고 보면 다른 영법은 그나마 좀 나았다. 배영은 아예 물 밖에서 숨을 쉬었고, 평영과 접영도 호흡 리듬이 그리 어렵지 않았다. 팔다리 동작을 정확하게 하는 데 집중하면 됐다. 숨쉬기가 어렵지 않으니 동작에 더 집중할 수 있었다. 진도가 착착 나갔고, 나는 왕초급반에서 초급반, 중급반으로 척척 올라갔다.

중급반이 됐지만 자유형은 몇 달을 해도 호흡이 좀처럼 나아지지 않았다. 숨쉬기처럼 생존(!)에 가장 기본적인 문제가 해결되지 않으니, 심리적으로 영향을 받았다. 가장 어렵게 느껴지고, 수영하다가 죽을 수도 있겠다는 공포감이 순간순간 고개를 들었다. (그럴 리는 없겠지만 말이다.)

그렇게 자유형 호흡이 어려워서 한동안 고생을 했다. 하지만 내 고통과 상관없이 강습은 항상 자유형으로 시작했다. 가장 많이 연습하는 것도 자유형이었다. 여러 명이 순서대로 출발해서 몇 바퀴 돌 때는 흐름에 맞춰야 하니 조급한 마음이 들 수밖에 없었다. 뒤처질 것을 고려해 꼴찌로 출발하면 처음 출발한 사람이 바로 뒤에서 따라붙기도 했다. 조급한 마음이 들면 숨이 더 찼다. 마음껏 헉헉대며 숨 쉬고 싶은데, 호흡은 짧은 리듬에 갇혀 있었다. 이대로 파란 수영장 물에 영원히 갇힐 것 같은 생각이 들었다. 갑자기 타일 바닥 보기가 무서워지고, 팔다리가 굳었다. 그쯤 되면 멈춰서 최대한 구석에 몸을 붙여 길을 비켜주는 수밖에 없었다.

몇 달 동안 '숨을 못 쉬어서' 생긴 공포감과 싸웠다. 아무에게도 말 못 할 고통이었다. 수영 강습을 받지 않았다면 굳이 느끼지 않아도 될 공포였다. 그렇다고 수영을 그만두고 싶진 않았다. 상급반 수강생들은 다섯 바퀴, 열 바퀴도 쉬지 않고 거뜬히 돌았다. 나도 그렇게 수영하고 싶다. 잘하는 사람이라고 힘들지 않은 건 아닐 것이다. 열 바퀴를 돌고 나면 모두 삶은 문어처럼 몸이 새빨개지고 숨을 헉헉 몰아쉰다. 물속에서 팔다리를 움직이기가 보통 힘든 일이 아니기 때문이다. 분명히 숨이 찰 테지만 각자 호흡을 조절하는 방법이 있을 거였다.

나는 동작을 이어갈 때마다 호흡을 조절하는 방법을 계속 고민했다. 아무래도 내쉬는 숨은 길고 들이쉬는 숨이 짧으니 둘의 균형을 맞추는 데 열쇠가 있을 것 같았다. 들숨을 더 많이 들이쉬기 위해 입을 크게 벌리기도 하고, 날숨을 적게 내쉬기도 했다. 하지만 입을 크게 벌리면 여지없이 물을 먹었고, 날숨을 일부러 적게 하면 숨이 더 찬 역효과를 가져왔다. 원래대로 일정하게 호흡을 이어가는 게 최선이었다.

그러던 어느 날, 자유형을 하는데 다른 날과 호흡하는 느낌이 조금 달랐다. 팔다리를 움직이면서 나갈 때 숨이 찬 것은 같았다. 하지만 가쁜 숨을 길게 내쉰 뒤에, 들숨이 모자라게 느껴지지 않았다.

'어, 이상하다?'

이 느낌을 잊지 않기 위해 평소보다 조심스럽게, 지금 느낀 호흡의 리듬에 집중하면서 하나하나 동작을 연결하며 나갔다. 그러다 보니 어느새 한 바퀴를 돌았다. 다른 한 바퀴도 같은 방법으로 쉬지 않고 이어갔다. 내쉬는 호흡은 두 번에 나눠 일정하게 뱉고, 들이쉬는 호흡은 짧아도 최대한 많이 빨아들이는 느낌으로 마셨다. 이 방법을 레인 끝에 닿기까지 일정하게 이어갔다. 신중하게 호흡하며 나가니 다른 수강생들과 비슷한 속도로 두 바퀴를 돌

수 있었다. 전 같으면 적어도 두 번은 레인 끝에 멈춰서 숨을 고르느라 반 바퀴 이상 차이가 나고, 그러다 너무 지체된다 싶으면 한 바퀴는 채 돌지 못하고 다음으로 넘어갔을 것이다.

그런데 그날은 두 바퀴에 이어서 남은 두 바퀴도 쉬지 않고 자유형으로 돌 수 있었다. 두 바퀴를 한 번도 안 멈추고 돌다니, 이게 웬일인가? 전에는 최대 반 바퀴였는데 말이다. 호흡을 잠시 고르고 두 바퀴를 더 돌았다. 내가 무려 네 바퀴를 돌다니. 이제야 진정한 중급반 수강생이 된 것 같았다. 전에는 언제라도 초급반 레인으로 달려가고 싶었다. 틈만 나면 멈춰서 흐름을 막는 교통 체증(?)의 주범이었으니 말이다. 서로 대화를 안 해서 그렇지, 모두 속으로 나를 '민폐 덩어리'라고 생각했을지도 모른다. 하지만 이제 아니다. 네 바퀴를 돌았으니 곧 다섯 바퀴, 열 바퀴도 가능하지 않을까?

물론 앞으로 훨씬 더 많은 연습이 필요하다. 동네 수영장에는 경력 십수 년을 자랑하는 숨은 고수가 많다. 그들처럼 수영을 잘하려면 나도 앞으로 몇 년은 꾸준히 수영장에 다녀야 한다. 여전히 갈 길이 멀다.

지난 몇 달간 열심히 노력해서 드디어 나만의 호흡 리듬을 찾았다. 이 사실이 나 자신에게 의미하는 바가 컸다. 이제 나도

100미터를 쉬지 않고 수영하는 사람이다! 호흡에 집중하며 나가는 동안 수영장의 파란 타일 바닥이 무섭지 않았다. 숨을 제대로 쉬니 공포감도 사라진 것이다. 높은 계단 하나를 오른 기분이었다. 그 계단은 매일 새벽 수영 강습에 출석해서 어떻게 호흡할지 고민하며 하나하나 이어간 동작이 모인 것이다.

미국 심리학자 앤절라 더크워스는 《그릿》(비즈니스북스, 2016)에서 재능을 뛰어넘는 열정적 끈기를 강조했다. 그릿grit은 사전적으로 '티끌, 모래알, 아주 작은 돌', '(어떤 고난도 견디는) 근성, 용기, 집념, 투지'라는 뜻이다. 작가는 이 책에서 목표를 향해 '끝까지 나가는 노력'의 중요성을 이야기한다. 타고난 재능이 있는 사람보다 그릿을 갖춘 사람이 목표를 이룰 가능성이 크다고 말한다.

수영을 배우는 내게도 그릿이 필요했다. 학창 시절 체육 시간이 고역이던 나는 서른 살 무렵에야 운동에 취미를 붙였다. 가장 배우고 싶은 운동이 수영이었지만 늘 여건이 따라주지 않았다. 마흔쯤에야 용기를 냈다. 처음부터 쉬운 것은 없었다. 물 밖에서도 몸이 마음대로 안 움직이는데, 물 안에서라고 말을 잘 들을 리 없었다. 하지만 언젠가 수백 미터를 쉬지 않고 멋지게 헤엄치는 내 모습을 생각하면 가슴이 두근거렸다. 양팔을 힘차게 돌리며 접영을 하고 싶고, 입수 동작도 멋지게 하고 싶다.

수영을 잘하려면 강습에 꾸준히 참석하는 것부터 시작해야 했다. 높은 곳에 있는 목표를 향한 첫걸음은 침대에서 상반신 일으키기였다. 6시 수영 강습에 가기 위해 이른 새벽 집을 나서는 발걸음이 항상 가뿐하고 상쾌할 리 없다. 괴롭다는 생각이 들 때도 있었다. 이불 속에서 뒤척이다 헐레벌떡 뛰쳐나간 날은 미처 몸이 덜 풀린 채로 수영하다가 여러 번 멈추기도 했다. 매번 완벽하지 않은 날이 쌓인다. 항상 탄탄하고 꼼꼼하지 않아도 괜찮다. 어제 쌓았고 오늘 또 쌓았다는 것이 중요하다. 그게 내가 올라설 계단이 된다. 수영을 배우는 내게는 매일 강습에 참석하는 자체가 그릿이었다.

하루하루 나아지지 않는 듯 보이고, 연습만 반복하는 것 같아 지쳐서 그만두고 싶을 때가 있다. 《그릿》은 '열정을 심화하는 법'에 대해 이야기한다. 작가는 어제와 오늘의 '미묘한 차이'를 즐길 수 있어야 한다고 말한다. 아주 작은 차이를 찾는 즐거움이 있으면 열정을 지속할 수 있다. 작은 차이를 안다는 것은 그만큼 내가 그 동작을 주의 깊게 관찰한다는 뜻이다. 어떻게 해야 더 나아질 수 있는지 고심한다는 뜻도 된다.

하루만큼의 차이는 '누구에게 설명하기도 뭐한' 아주 작은 것일 수도 있다. 누가 알아주지 않으면 어떤가. 그 미묘한 차이는 나만이 안다. 관심을 쏟고 기쁨을 찾아 만족을 얻고, 그 힘으로 내일 또 하면 된다. 그렇게 하루하루가 쌓이면 매우 유의미한 변화를 만들 수 있다. 이런 관심과 지속을 '열정'이라고 불러도 되지 않을까? 매번 비장한 눈빛으로 임하지 않았지만 말이다. 분명 나는 전과 달라졌다.

수영 강습을 받는 몇 달간 나를 괴롭힌 물 공포증에서 벗어난 원동력은 수영장을 향해 발걸음을 뗀 용기다. 매일 아침이 상쾌하고 즐겁진 않았다. 하지만 용기를 낸 결과, 물 공포증에서 벗어났고 자유형으로 250미터를 쉬지 않고 돌게 됐다. 나에겐 그릿이 필요했다. 다른 배움의 영역에서도 마찬가지다. 딱 한 걸음을 내디디면 된다. 어제와 오늘의 작은 차이를 찾아낼 수 있도록 관심을 가지고 내딛는 발걸음이 필요하다. 마치 들숨과 날숨에 신경 쓰면서 어떻게 해야 더 지속할 수 있을까 고심하며 찾아낸 수영 호흡법처럼 말이다. 집중하며 날마다 내딛는 한 걸음이 우리를 목적지로 데려다준다.

항상 탄탄하고 꼼꼼하지 않아도
괜찮다. 어제 쌓았고 오늘 또
쌓았다는 것이 중요하다.
그게 내가 올라설 계단이 된다.

오늘 하루도
하트 뿅뿅

어느새, 잘해야 본전이고
칭찬받기 힘든 나이가 돼버렸네….

수년 전, TV에서 재미있는 뉴스를 봤다. 기사 제목은 〈아동 학습지 푸는 어른들〉이었다. 직장인이 취미로 《구몬수학》 같은 학습지를 푸는 모습이 화면에 비쳤다. '어른 학생'은 초등학생이 풀 법한 사칙연산을 공부하면서 학습지 선생님에게 "잘 풀었어요. 정말 잘하네" 같은 '폭풍 칭찬'을 받고 있었다.

어른들이 왜 어린이용 학습지를 풀까? 가장 큰 이유는 칭찬과 성취감이다. 직장이나 일상에서는 좀처럼 받기 어려운 것을 취미생활로 얻으려는 것이다. 같은 이유로 색칠 공부, 어릴 때 배우던 운동 같은 취미도 인기라는 보도였다.

뉴스가 나온 지 오래됐지만 여전히 비슷한 취미가 트렌드다. 어른을 위한 컬러링 북이나 퍼즐, 십자수 등이 인기다. 도안과 색이 화려해서 완성하면 예술 작품 같다. 코로나19 시대를 거치며 집 안에서 할 수 있는 취미를 찾는 사람이 많아지면서 트렌드로 자리 잡은 모양이다.

수학이나 색칠 공부, 퍼즐 같은 취미가 어떻게 성취감을 줄까? 답은 '피드백'에 있다. 심리학자 김경일 교수는 유튜브 강연에서 사람들이 왜 일보다 게임을 하며 즐거움을 맛보는지 설명했다. 게임을 하면서 받는 스트레스는 일하면서 받는 스트레스와 크게 다르지 않다고 한다. 게임을 할 때도 일할 때만큼 에너지를 소모하기 때문이다.

게임과 일이 결정적으로 다른 점은 피드백을 받는 시기다. 게임을 할 때는 내가 한 일에 즉시 피드백을 받지만, 일에서는 그럴 기회가 적다. 국민 게임 '애니팡'을 하면서 점수를 확인하지 못하고 끝없이 동물 옮기기를 반복한다면 사람들은 10분도 안 돼서 그만둘 것이다. 그만큼 우리는 피드백을 바로바로 받는 활동에 흥미를 느낀다.

아이들이 할 법한 취미생활을 어른들이 반기는 이유가 여기 있다. 긍정적인 피드백을 수시로 받으면 우리는 목표를 향해 지치지 않고 나갈 수 있다. 건강을 위해 영양제를 복용하는 것처럼, 정신 건강에 좋은 에너지원이 되는 셈이다. 우리 일상에서도 피드백을 받는 게 중요하다.

문제는 피드백을 '누가' 해주느냐다. 어린 시절 학습지처럼

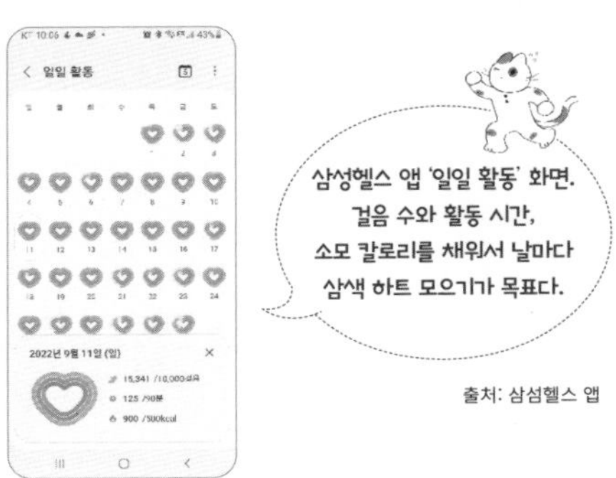

출처: 삼성헬스 앱

점수를 매겨 크게 '100점'이라 쓰고, "참 잘했어요!"라 외쳐주시던 부모님이나 선생님은 이제 없다. 어른이 된 지금, 내 피드백은 내가 챙겨야 한다. 일상 속 셀프 피드백은 기록으로 가능하다. 나는 손 닿는 곳에 몇 가지 '기록 장치'를 뒀다. 내가 한 일과 생각을 기록하기 위해서다. 사소한 일상 기록이 쌓이면 나만의 '빅 데이터'가 된다. 이 기록은 성장하는 나를 지켜볼 수 있는 도구다. 내가 일상생활에서 하는 기록은 크게 두 가지다.

우선 '운동 기록'이다. 내가 사용하는 '삼성헬스' 앱은 움직임을 자동으로 포착해 운동 시간을 기록한다. 스마트 워치와 연동해 날마다 얼마나 걸었는지도 측정한다. 걸음 수와 활동 시간, 소모 칼로리가 목표에 도달하면 삼색 하트(연두색, 하늘색, 핑크색 하트)가

2022년 11월 ○일 수요일 / 1레인

자유형 발차기 1회

평영 · 배영 · 접영 발차기 각 2회

스컬링(자유형, 발차기하면서) 2회 → 팔꿈치 고정, 상완 말고 하완 쓸 것

스컬링(배영, 발차기하면서) 2회

배영 2회

접영(왕: 오른팔, 복: 양팔 / 왕: 왼팔, 복: 양팔)

자유형 1회

평영 1회

바로 옆 레인 상급반과 우리 반 실력 차이가 엄청나다.^^ 겨우 한 단계인데, 실력 차이가 이렇게 크다고? 특히 접영 할 때, 내가 첫 번째로 출발해서 반 바퀴 겨우 갈 동안 상급반에서는 두 번째 주자가 들어오는 식이다. 언제 연습해서 이 격차를 좁히나….
그런데 수영하면서 이 차이를 계속 의식하면 원래 하던 동작마저 에너지를 뺏기고 집중이 안 되는 게 느껴진다. 옆에서 어떻게 수영하든 내 동작과 미션에 집중해야 실력이 늘겠지? 다른 사람과 나를 비교하는 게 삶에 도움이 별로 안 된다는 증거다. 에너지와 집중력을 그대로 뺏기고 만다. 물 밖에서도 이걸 기억해야지.

11월 어느 날의 수영 일지

나타난다. 삼색 하트 모으기를 목표로 매일 부지런히 움직인다.

'수영 일지'도 있다. 수영 일지는 스마트폰 메모장에 입력하는 게 아니라 작은 수첩에 쓴다. 수첩은 늘 차에 둔다. 수영 강습을 받고 차에서 바로 적기 위해서다. 집에 돌아와 쓰려면 잘 기억나지 않을뿐더러, 다른 일을 하느라 빼먹기 쉽다.

수영 일지에는 강습 시간에 무엇을 연습했는지, 자세 교정을 어떻게 받았는지 기록한다. 열 바퀴를 도는 게 과제인데 중간에 돌아왔다거나, 접영으로 왕복해야 하지만 힘들어서 자유형으로 바꿨다는 등 강습 중 완수하지 못한 미션도 쓴다. 수영하면서 중간중간 떠오른 잡생각도 짧게 기록한다. 실력이 조금씩 늘면서 잡생각도 변한다는 점이 신기하다. 어느 날은 힘들어 죽을 것 같다가, 왕초급반 학생들을 보면서 '나도 저런 때가 있었지'라며 가까운 과거를 떠올리는 날도 있다. 수영을 배우며 물속에서 조금씩 성장하는 증거다.

다음은 '아침저녁으로 쓰는 일기'다. 내가 일기를 쓰게 된 건 《타이탄의 도구들》(토네이도, 2017)을 읽고 나서다. 작가는 큰 성취를 하고 최고 자리에 오른 사람들을 타이탄이라 부른다. 이 책은 타이탄의 성취에 도움을 준 습관과 경험을 소개한다. 그중 하나인 '5분 일기 쓰기'가 인생의 성취에 도움이 된다고 한다. 일기를 쓰면서 머릿속을 마구 휘젓는 생각을 가라앉히고, 맞닥뜨린 문제를 머릿속에서 꺼내 객관적으로 볼 수 있기 때문이다.

바쁜 일상을 살다 보면 하루가 어떻게 지나갔는지 모른다. 일주일, 한 달은 생각보다 빨리 지나간다. 내가 어떤 생각을 하고, 어떤 모습으로 사는지 모를 때가 많다. 그래서 나도 하루 두 번 일기를 쓰기 시작했다. 《타이탄의 도구들》에서 소개한 것처럼 아침과 저녁에 5분 이내로 쓴다.

아침 일기는 하루를 시작하는 의식이다. '감사히 여기는 것', '오늘을 기분 좋게 만드는 것', '오늘의 다짐'을 세 가지씩 짧게 쓴다. 뭘 쓸지 생각하다 보면 오래 걸리기 때문에, 머릿속에 떠오르는 생각을 5~10분 걸리는 범위에서 쓰려고 노력한다.

저녁 일기는 자기 전에 책상이나 침대에서 쓴다. '오늘 벌어진 굉장한 일(다른 사람에게는 사소해 보일지라도 내게 인상 깊은 일)'과 '오늘을 더 좋은 날로 만들기 위해 노력한 점'을 세 가지씩 적는다. 아무리 힘든 하루라도 좋은 일 세 가지와 내가 노력한 세 가지를 적다 보면, 그렇게 엉망은 아닌 하루로 마무리할 수 있다. 어떤 하루라도 잠들기 직전에 좋은 하루로 만드는 방법이다.

저녁 일기는 시간이 지나 다시 보면 과거의 내가 하루하루 어떤 장면에서 힘을 얻었는지 드러난다. 오늘의 내가 예전의 나에

2022년 3월 ○일 토요일

아침 감사히 여기는 것

① 미래를 꿈꾸며 살 수 있음에 감사

② 일상에 묻혀 보이지 않던 나를 명상으로 찾을 수 있음에 감사(명상은 오로지 '나'로 존재하는 시간!)

③ 내가 선택한 삶의 방식대로 살고 있음에 감사

오늘을 기분 좋게 만드는 것

① 커피 한 잔

② 가족과 함께하는 맛있는 식사

③ 책 읽을 수 있는 시간

오늘의 다짐

① '생각은 내가 아니다' 기억하기

② 지금 이 순간에 존재하기

③ 한 번에 한 가지 하기

저녁 오늘 벌어진 굉장한 일

① 서윤이랑 하루 스마트폰 사용 시간을 정한 것(흔쾌히 동의해준 서윤에게 감사)

② 수영장에서 열두 바퀴를 끝까지 돈 것(무려 1200미터!)

③ 호수공원에서 날아오르는 오리 떼를 본 것

오늘을 더 좋은 날로 만들기 위해 노력한 점

① 최선을 다해 하루를 살고, 서윤이를 하루만큼 잘 키움.

② 영어책 한 시간 읽음(영어가 좀 늘었겠지?).

③ 1만 3000보 걷고 건강해짐.

게서 팁을 얻는다. 마치 단골 가게에서 포인트 카드에 도장을 다 찍으면 받는 선물처럼 말이다. 과거의 내가 쓴 페이지에서 오늘의 내가 에너지와 용기를 얻는다.

셀프 피드백을 위한 기록은 새로운 나를 발견하는 장점도 있다. 며칠 전의 기록이라도 다시 보면 다른 사람이 쓴 것처럼 새삼스럽다. 자신이 생각보다 변화무쌍하게 살고 있다는 것을 알 수 있다. 과거의 나는 현재의 내게 누구보다 중요한 영감을 준다. 활기찬 나, 의욕이 넘치는 나를 다시 만나면 동기부여가 잘된다.

소설가 무라카미 하루키는 열정적인 러너runner이기도 하다. 그는《달리기를 말할 때 내가 하고 싶은 이야기》(문학사상, 2009)에서 달리기와 소설 쓰기의 상관관계에 대해 이야기한다. 하루키는 전업 소설가가 되기로 결심한 서른 살 무렵부터 달리기를 본격적으로 시작했다. 소설 쓰기는 대표적인 정신노동이지만 육체적으로도 강해야 지속할 수 있다. 그는 몸과 정신을 단련하기 위해 매일 아침 10킬로미터 달리기를 수십 년 동안 해왔고, 매년 풀코스 마라톤에 참가할 정도로 달리기에 진심이다.

달리기한 뒤의 성취감은 오로지 자신이 안다. 달리기는 동료나 상대가 필요하지 않은 운동이기 때문이다. 하루키는 달리기를 하며 얻은 성취가 소설 쓰기에 필요한 요소라고 말한다. 달리면서 한 발 한 발 보폭에 의식을 집중한다. 동시에 만사를 길게 생각하고, 되도록 풍경을 멀리 보자고 다짐한다. 소설 쓰기도 달리기와 다르지 않다. 소설을 오랜 시간 한 자 한 자 써 내려가는 것은 달리면서 한 발 한 발 내딛는 과정과 같기 때문이다.

하루키가 매일 달리기를 통해 성취감에 도취하고 그 에너지를 소설 쓰기에 사용한 것처럼, 우리도 매일 성취감을 적립해야 한다. 꼭 엄청나게 큰 성취가 아니라도 말이다. 그러니 언제든 자신에게서 피드백을 받을 수 있도록 나만의 기록 장치를 마련하자. 되도록 잘 보이고 손에 닿기 쉬운 곳에 수첩을 두자. 스마트폰이나 태블릿을 사용해도 된다. 작은 성취감을 차곡차곡 적립할 수 있도록 일상을 기록하자. 어디서든 사용할 수 있도록 외장 배터리를 미리 충전하듯 말이다. 활기찬 일상을 위한 에너지원이 될 것이다.

다른 사람의 시간을 사는 이유

아쉽지만 이젠 혼자서 다 해낼 순
없다는 걸 알게 됐다.

"나, 요 앞 스타벅스 다녀올게."

"응, 잘 다녀와. 서윤이 아침은 내가 챙길게."

일요일 아침 식사 전, 나는 책가방을 메고 집을 나선다. 우리 동네 스타벅스는 일요일 아침부터 노트북과 책을 펴놓고 커피를 마시며 뭔가에 집중하는 사람으로 북적인다. 나도 그중 한 자리를 차지하고 앉아 필요한 일을 하기 위해 아침부터 서둘러 나온다.

우리 가족은 주말 아침에도 8시 전에 모두 일어난다. 주말 일과는 아이 아침 챙기기부터 시작한다. 아이의 메뉴를 정하는 것은 항상 어렵다. 어른이라면 한 끼 건너뛰거나 시리얼로 때워도 되지만, 성장기 아이는 아침을 제대로 먹여야 한다. 아이는 그날 컨디션에 따라 입맛이 달라서 다양하게 챙겨준다. 나는 그 어려운 과제를 남편에게 맡기고, 나갈 채비를 마치면 바로 집을 나선다.

내가 일요일 아침 식사 전에 당당하게 사라질 수 있는 이유는, 토요일에 내 몫의 육아를 끝내놓기 때문이다. 우리 집은 주말 업무 분담이 확실한 편이다. 토요일은 내가, 일요일은 남편이 아이를 맡는다. 내가 토요일 아침부터 저녁 식사 전까지 아이와 지내는 동안, 남편은 밀린 회사 일을 하거나 집에서 영화를 보며 쉬는 등 혼자 시간을 보낸다. 토요일에 충전하면 남편도 일요일을 아이와 지낼 에너지가 생긴다. 그래서 기꺼이 '독박' 육아의 바통을 이어받을 수 있다. 남편과 내가 주말 시간과 에너지를 하루씩 '적립'해주는 셈이다.

나는 이렇게 확보한 일요일에 밀린 일을 하거나 읽고 싶은 책을 읽는 등 혼자 시간을 진하게 보낸다. 하루 동안 나만의 시간을 가지면 필요한 일을 집중해서 하기 좋고, 에너지가 다른 데 소모되지 않아 정신적으로 충만해진다. 가족이 주말 내내 같이 보내도 좋지만, 각자 하루를 보내고 함께 저녁 식사를 한 다음 나머지 시간을 같이 활용하는 것으로 충분하다. 나와 남편이 협조해서 자기만의 시간을 만들어 쓰는 셈이다.

나만의 시간을 만드는 또 다른 방법은 다른 사람의 '시간을 사는 것'이다. 내 일상에 각종 전문가를 모시는 것이다. 그에 합당한 비용을 지불하고서 말이다. 나는 '집안일 전문가'와 '아이 교육 전문가'를 초빙했다.

아이가 있는 집은 대개 물건이 여기저기 넘쳐나고, 집 안을 깨끗하게 유지하기 어렵다. 정리할 시간이 부족하고, 정리 정돈에 소질이 없는 사람이라면 상황은 심각하다. 우리 집은 나도 남편도 엄지손가락으로 물건을 척척 사들일 줄만 알지, 버리거나 정리하기는 잘 못한다. 복잡한 집 안을 보고 있으면 우리 집은 사람이 사는 집이라기보다 물건을 쌓아두는 창고 같다.

반복적인 집안일에 도움을 받으려고 인터넷 사이트를 통해 가사도우미 이모님을 고용했다. 서비스를 받아보니 기대 이상이었다. 집안일뿐만 아니라 정리 정돈까지 솜씨 좋은 이모님께 제공받고 있다. 내가 사는 곳은 지방이라 어디를 가든 차로 이동해야 한다. 이모님도 자가용으로 우리 집에 출퇴근하다 보니 서비스 금액과 업무 시간이 다른 지역의 두 배에 가까웠다. 나는 기꺼이 그 금액을 지불하고 서비스를 받기로 했다. 결과는 아주 만족스러웠다. 집 안이 정리되니 새 공간을 선물 받은 기분이었다. 서비스 비용이 생활비의 상당 부분을 차지하지만, 집 안 정리에서 정신적으로나 육체적으로 해방돼 만족스러운 지출이다. 대신 옷 쇼핑을 포함해 다른 지출 항목을 아껴 비용을 확보했다.

아이가 어느 정도 자라니 좋아하는 활동을 지도해줄 전문가에게 아이를 맡길 수 있다. 토요일에는 아이가 좋아하는 활동에 참여하기 위한 일정을 짰다. 우리 아이는 그림과 클레이 공예를 좋아해서 토요일이면 동네 미술 학원과 공방에 간다. 감사하게도(?) 수업 시간에는 부모가 아이 곁에 있을 수 없어, 나는 근처 카페에서 시간을 보낸다. 토요일 수업 비용을 모두 합하면 저렴하진 않지만, 아이가 즐겁게 참여하고 나 또한 시간을 벌 수 있으니 기쁘게 지불한다.

그렇게 주어진 시간 동안 해야 할 일에 집중한다. 처음에는 별다른 준비 없이 외출해서 스마트폰으로 SNS 유머 글을 보며 시간을 보냈는데, 어렵게 확보한 시간이 아깝다는 생각이 들었다. 이후 외출 준비를 꼼꼼히 했다. 혼자 시간을 얼마나 어떻게 쓸지 미리 구상하고, 그에 따른 준비를 한다. 아이가 미술 수업을 듣는 한 시간 동안은 글을 쓰고, 공방에서 보내는 두 시간은 인터넷 강의를 듣는 식이다. 아이와 어린이도서관에 가는 경우를 고려해 내가 읽을 책도 챙긴다. 계획을 정하고 나면 가방에 노트북과 책, 수첩, 필통을 넣고 집을 나선다.

롭 무어는 《레버리지》(다산북스, 2017)에서 뛰어난 사람과 평범한 사람의 차이는 '얼마나 많은 시간이 있는가'가 아니라, '그 시간을 어떻게 선택하고 사용하고 투자하는가'에 있다고 했다. 최소한의 노력과 시간을 들여 중요한 것을 얻는 방법을 다룬 이 책에

서 작가는 '시간 관리'가 곧 '삶의 관리'라고 말한다. 성과와 이익을 최대화하기 위해 자본, 아이디어, 정보, 시스템을 레버리지로 활용하고, 적은 시간으로 최고의 가치에 최대한 투자해야 한다. 레버리지leverage의 사전적 의미는 '지렛대'다. 지렛대를 이용하면 적은 힘으로 무거운 물건을 들어 올릴 수 있다. 우리 삶에서도 레버리지를 활용하면 적은 노력으로 많은 성취를 얻을 수 있다.

20~30대에는 시간이 걸려도 직접 해보고 깨달아야 하는 일이 많았다면, 마흔 살인 지금은 레버리지를 써서 내가 성장하는데 필요한 시간과 에너지를 적극적으로 확보해야 한다. 이렇게 확보한 시간과 에너지를 가지고 나만의 성장을 위해 활동해야 한다. 내 마음대로 쓸 수 있는 시간이 별로 없고, 퇴근 후 체력이 쉽게 동나도 성장을 꿈꾼다면 특히 그렇다. 이것이 마흔 살의 당신이 다른 사람의 시간을 사야 하는 이유다.

하루는 24시간이지만 나를 위해 쓸 수 있는 시간은 한정적이다. 월급은 다달이 정해진 액수만큼 입금되지만 지금 보내는 시간은 돌아오지 않는다. 시간은 마음대로 늘렸다 줄였다 할 수 없다. 임의로 적립할 수도 없다. 시간은 돈보다 대체 불가능하고, 귀하게 다뤄야 할 자산이다. 귀한 나만의 시간을 확보하기 위해서라면 기꺼이 그 비용을 지불해야 한다.

공부하는 워킹맘인 나는 이렇게 시간과 에너지를 확보할 방법을 마련했다. 그리고 내 시간과 에너지를 확보하기 위해 대신 애쓰는 그들과 맺은 관계를 소중히 여긴다. 가족끼리 당연한 일을 한다는 생각보다 각자 힘들게 보낸 하루를 알아주고 지지한다는 마음을 표현한다. 나를 도와주는 전문가에게는 항상 고마움을 표하고, 그들의 도움에 작은 피드백을 건넨다. 내가 만든 레버리지가 탄탄하게 유지되기를 바라는 마음에서다.

내가 정한 우선순위에 따라 일하기 위해서는 시간과 에너지 확보가 무엇보다 중요하다. 마흔 살인 당신은 스무 살, 서른 살 때와 달리 주어진 모든 역할을 온전히 자기 힘으로 완벽히 해낼 수 없음을 알아야 한다. 그러니 다른 사람의 시간과 에너지를 적극적으로 끌어다 써야 한다. 그렇게 만든 지렛대를 최대한 활용해 나를 더 높이 들어 올리는 데 힘쓰자.

내일의 나에게 빚지지 않으려면

사다리라는
고정관념에서 벗어나기

꼭 위가 아닌, 옆으로 가도 괜찮아.

'내가 지금 맞게 가고 있을까?'

직장생활 경력이 어느 정도 쌓이면 주기적으로 이런 의문이 생긴다. 첫 입사 후 2~3년은 업무와 사무실 분위기를 익히고, 직장에서 화법과 예절을 눈치껏 배우느라 바쁘다. 시간이 지나 사회초년생의 미숙함을 벗고 업무가 어느 정도 손에 익으면서 조직 분위기에 익숙해지면, 어느 순간 '판'이 어떻게 돌아가는지 눈에 들어온다. 그때 문득 자신을 돌아보며 내가 걷는 이 길이 나를 어디로 데려다줄지 자문하게 된다.

나는 한 직장에서 14년 넘게 근무했다. 입사 후 강산도 변한다는 시간이 지나는 동안, 약 3년 주기로 이 길이 나에게 맞는지 자문했다. 이런 자문 끝에는 어떻게 해야 이 길을 남들보다 빠르게 갈 수 있을지 고민했다. 이 길을 통해 성장하고 싶었고, 직장인의 성장은 '조직에서 수직적 위치 이동'만큼 뚜렷한 것이 없다고 생각했기 때문이었다.

10년 넘게 지켜본 바에 따르면, 내가 속한 조직과 직렬에서 원하고 노력한다고 승진이 눈에 띄게 빨라지는 경우는 거의 없었다. 조직의 구조적인 특징이 그랬다. 나는 이 조직에 머무르면서 더 배우고 성장해야 했다. 현재 상황에서 '위를 바라보는 성장'은 어렵다고 판단했고, 내가 성장하기 위한 커리어 목표를 조정해야 했다. 내 성장 욕구와 조직의 현실 사이에 균형을 맞추기 위해 '올라가기' 대신 '넓은 그림을 꼼꼼히 그리며 나아가기'로 목표를 설정했다.

공무원이던 내가 속했던 직렬은 연구직이었다. 연구 직렬은 직급 체계가 조금 독특하다. 다른 직렬처럼 공무원 조직의 가장 하위인 9급부터 시작해 8급, 7급, 6급 등 한 단계씩 오르는 체계가 아니다. 일정한 학위 요건을 갖춰 '연구사'로 들어온 뒤, 재직하는 동안 직급 앞의 숫자를 하나씩 줄여가는 승진을 여러 번 하지 않는다. 연구사가 연차가 높아지고 일정한 자격을 인정받아 승진하면 '연구관'으로 직급이 한 단계 오른다. 나와 연구사 동기들은 이런 직급 체계를 승진을 비롯한 바깥일에 신경 쓰지 말고 연구나 심사 업무에 집중하라는 의미로 해석했다.

하지만 연구나 심사 외 다른 부서에도 연구직 정원이 배정

돼, 종종 연구사에게 행정이나 정책 등 다른 역량이 필요한 부서에서 근무할 기회가 온다. 나는 식약처 입사 후 지방청 행정부서와 심사부서, 본부의 정책부서에서 일했다.

부서마다 필요한 핵심 역량이 다르다. 지방청 행정부서는 주로 본부의 지시에 따라 움직여야 하므로 효율적이고 민첩한 행동력이 요구되고, 민원인을 자주 응대하므로 서비스 정신도 필요하다. 심사부서는 한 가지 주제를 깊고 넓게 파고드는 끈기와 집중력, 과학적이고 합리적인 판단력이 있어야 한다. 정책부서도 판단력이 중요하지만, 기한을 다투는 사항이 많아 좀 더 기민할 필요가 있다. 다른 부서에 의견을 구할 일이 수시로 생겨서, 협조를 잘 요청하는 기술도 중요하다. 전체적인 틀에서는 의약품 안전에 관한 업무지만, 그 안에서 세부적으로 업무가 나뉘고 업무 성격도 매우 다르다. 경력이 어느 정도 쌓인 상태에서 성격이 확연히 다른 부서로 옮기는 것은 모험이나 다름없으나, 다양한 업무 기술을 배울 좋은 기회이기도 하다.

새로운 부서에서는 이전 부서와 업무 스케줄이 달라 영 낯설다. 부서에서 자주 사용하는 단어가 입에 좀처럼 붙지 않아 곤혹스럽기도 하다. 그런 상태에서는 보고서 작성도 만만치 않아, 상사의 쓴소리를 들어가며 수정을 거듭하다 보면 새 부서에 맞는 보고 기술이 조금씩 업그레이드된다. 민원인의 갑작스러운 질문에 답변하면서 규정을 하나 더 익히기도 한다. 이렇게 보낸 시간이 쌓이면 전보다 다양한 문제 해결 능력을 갖춘다. 커리어가 넓은 궤적을 그리는 방식으로 성장한다.

메타(옛 페이스북) 최고운영책임자COO를 지낸 셰릴 샌드버그는《린 인》(와이즈베리, 2013)에서 이런 커리어 성장을 '정글짐에 오르는 것'에 비유했다. 커리어 성장은 '사다리를 오르는 것'에 비유하는 경우가 많지만, 작가는 평생직장 개념이 사라진 지금 사다리 하나를 오르는 시대는 지났다고 말한다. 우리는 사다리가 아니라 정글짐에서 조금 더 유연하게 성장을 꿈꿀 수 있다. 예를 들어 커리어 중간에 다른 길을 선택하거나, 막다른 골목을 만나 돌아가야 한다거나, 잠시 일을 내려놓고 쉬는 등 여러 경우에 대안이 된다. 정글짐을 차근차근 밟아 올라간다고 생각하면 훨씬 다양한 커리어 성장을 그려볼 수 있다.

셰릴 샌드버그는 하버드대학교 경영대학원을 수석으로 졸업하고 미국 재무부 비서실장을 지낸 기업인이다. 이런 그의 커리어도 늘 올라가는 방향으로 성장하진 않았다. 그는 실리콘밸리의 여러 기업에서 좋은 조건으로 이직을 제안받았고 고심 끝에 구글을 선택했다.

지금은 상상하기 어렵지만, 당시 구글은 지금보다 규모가 훨씬 작고 허술했다. 이렇다 할 사업 단위가 없어 어떻게 사업을 운영할 방법도 불분명했다.

샌드버그는 구글에서 메타로 옮길 때도 같은 방식으로 결정했다. 다른 기업에서 제안한 CEO 자리를 고사하고, 당시 스물세 살인 마크 저커버그 밑에서 일하는 COO를 택했다. 그리고 메타에서 14년간 근무하며 광고 기반 비즈니스 모델을 만들어 매출을 수십 배 이상 올린 것을 비롯해 큰 성과를 올렸다.

샌드버그는 자신의 커리어 성장 과정을 '정글짐에 오르는 것'에 비유했다. 커리어는 사다리 오르기처럼 늘 한 방향으로 성장하지 않는다. 다양한 방향으로 움직일 수 있는 정글짐에 오르는 것이 우리가 가는 길의 모양과 더 가깝다. 그는 직장생활을 하면서 사다리를 올라가는 대신 정글짐 안에서 아래위나 양옆으로 움직인다고 생각하면 조급함을 내려놓을 수 있다고 말한다.

사다리는 위아래로 뚫려 있다. 위로 다른 사람이 올라가는 뒷모습이 보이고, 아래로 이쪽을 향해 올라오는 사람의 정수리가 보인다. 사다리가 끊어지면 어쩌나 걱정하기도 한다. 혹여 그런 일이 생기면 사다리를 처음부터 다시 올라야 한다.

그런데 우리는 사다리가 아닌 정글짐 안에서 움직인다. 정글짐에서는 위가 막혀 있으면 길을 되짚어 내려가 옆길로 다시 올라갈 수 있다. 어느 때는 한 공간에서 생각보다 오래 머물 수도 있을 것이다. 위쪽으로 가는 줄 알았는데 옆으로 가는 중이었을 수도 있다. 어쨌든 3차원 공간에서 자기만의 경로를 만들며 움직일 수 있다. 우리는 정글짐 안에서 자기만의 궤적을 그리며 구석구석 탐험해야 한다. 나는 '넓은 그림을 꼼꼼히 그리며 나아가기'로 커리어 목표를 설정했기에, 조직에서 수직적인 위치가 변하는 것과 큰 상관없이 커리어 성장을 위한 나만의 감각을 찾을 수 있었다.

수평적인 관계와 개인의 특성이 중요한 요즘은 커리어 경로도 유연하게 생각해야 한다. 가장 보수적인 공무원 조직에서도 마찬가지다. 사다리 위에서 움직이지 않는 상사의 엉덩이를 쳐다보고 있을 게 아니라, 내가 올라온 곳이 정글짐의 어디쯤인지 가늠하는 게 성장에 도움이 된다. 프레임을 양손으로 꽉 잡고, 양발을 단단히 딛고 서서 다음 걸음을 신중히 떼는 것이 중요하다. 혹시 아는가? 샌드버그가 실리콘밸리로 옮겨 구글이라는 로켓에 올라탄 것처럼, 내가 그린 커리어의 큰 그림이 어떤 로켓의 탑승권으로 변모할지 말이다.

위가 막혀 있으면 내려가
옆길로 올라갈 수 있다.
어느 때는 한곳에 오래
머물 수도 있다.

K-워킹맘의
본캐와 부캐 관리

'인간 다이소'라고
불러주세요.

대한민국 워킹맘의 일상은 복잡하다. 특별한 일이 없어도 매일 해야 할 일로 머릿속이 가득하다. 그 모든 일을 문제없이 해내야 일상이 굴러간다. 하루하루 아무 일도 일어나지 않도록 하기는 생각보다 어려운 기술이다.

역할이 많기로는 전 세계를 통틀어 'K-워킹맘'을 당할 사람이 없을 것이다. 학창 시절에는 부모님의 딸, 자매나 남매 역할에 그친다. 결혼하면 아내, 엄마, 며느리, 올케, 형수 같은 역할이 추가된다. 결혼 전에는 부모님 속 썩이지 않고 자매나 남매와 잘 지내는 게 중요한데, 결혼과 동시에 가족 관계가 두 배가 되면서 역할도 늘어난다. 직장에서는 직급과 업무에 따른 역할과 선후배 역할이 있다. 가정과 별개로 직장에서는 임금노동자의 본분을 다해야 한다. 업무는 물론 직장 내 인간관계에도 어느 정도 최선을 다하는 것이 월급에 포함된다.

그러니 가정이나 직장에서 어느 하나 임무를 소홀히 할 수 없다. 여러 역할을 하면서 내 몫을 해내려니 여간 정신없지 않다. 어떻게든 할 일을 놓치지 않으려고 생각날 때마다 스마트폰 메모장에 입력한다. 덕분에 메모장은 항상 해야 할 일로 꽉 찬다. 메모장에 적힌 'To do list'는 대략 다음과 같다.

아이 학원 수강료 입금
퇴근 후 장보기(달걀, 우유, 식빵)
주말 가족 식사 장소 예약
주차 위반 과태료 고지서 납부
○○ 메일 확인 후 답장
△△ 담당자 전화

직장 업무를 놓치지 않는 것은 당연하다. 그런데 일상에서 의무도 때를 놓치면 나나 다른 사람이 불편해지는 일이 발생한다. 예를 들어 아이 아침으로 달걀프라이를 해주려고 냉장고를 열었는데 달걀이 없다거나, 수강료가 입금되지 않았다고 학원 선생님이 보낸 문자메시지를 받는 상황이다.

그래서 정신없이 바쁜 업무 시간에 문자메시지가 오거나 섬광처럼 스쳐 지나가는 기억이 있으면 바로바로 메모한다. 잠시 깜

빡하고 놓쳤다가는 기억이 머릿속에서 떠나버린다. 그 결과 과태료 미납 독촉장이나 연체료 같은 무시무시한 대가를 치를 수도 있다. 메모장은 반드시 스마트폰 메인 화면에 두고 수시로 확인하고, 대개 48시간 안에 완수한 뒤 'done' 버튼을 눌러 목록에서 지운다.

나는 시행착오를 몇 번 겪은 뒤로 할 일을 미루지 않는다. 스마트폰 메모장을 이용하면 해야 할 일을 항상 확인하고, 한 번에 두세 가지 역할은 무리 없이 할 수 있다. 저녁 시간까지 짬짬이 필요한 일을 차질 없이 해낸다. 오늘도 2~3인 역할 클리어다.

사소해 보이지만 사소하지 않은 일을 다양하게 챙기는 내 모습은 마치 '인간 다이소'가 된 것 같다. 주방용품부터 취미용품까지 파는 잡화점 다이소는 수만 가지 물건을 찾기 쉽게 진열한다. 직장생활과 가정생활을 동시에 하다 보면 대다수 워킹맘이 인간 다이소로 진화한다. 워킹맘의 뇌 구조를 들여다보면 잘 구분된 다이소 매장 내부 같을 것이다. 대개 워킹맘 1~2년 차부터 다양한 역할 수행 능력이 압도적으로 성장하면서 인간 다이소가 탄생한다.

인간 다이소는 워킹맘이자 직장 구성원으로서 아침부터 저녁까지 크고 작은 일을 해낸다. 아침에는 아이를 어린이집이나 학교에 보내느라, 저녁에는 집안일을 하느라 바쁘다. 점심시간도 예외일 수 없다. 내가 속한 직장의 어린이집에서는 부모 교육이나 간담회를 주로 점심시간에 하는데, 많은 워킹맘이 시간을 쪼개 참석한다. 이들은 직장과 가정에서 여러 역할을 빠짐없이 해내느라 하루를 촘촘이 나눠 산다.

워킹맘도 사람이기에 할 일을 모두 해내기 버거울 때가 있다. 역할이 많아 버거울 때는 자주 하는 행동을 단순하게 만들고 선택지를 줄이는 것이 도움이 된다. 미국의 기업가 롭 무어는《결단》(다산북스, 2019)에서 중요한 결정을 내릴 에너지를 모을 수 있도록 일상적으로 반복되는 일을 할 때 압박감과 시간 낭비를 줄이는 방법을 제시했다. 그중 몇 가지를 추려보자.

- 내비게이션에 자주 가는 목적지 경로 저장하기
- 비슷한 옷 입기
- 몇 달 동안 쓸 일상적인 소모품 대량 구매하기
- 온라인 쇼핑 사이트에 자주 사는 물건 저장하기
- 잃어버리기 쉬운 열쇠나 이어폰 같은 장소에 놓기
- 일주일 치 식단 미리 정하기
- 잡동사니를 치우고, 찾아보기 쉽게 정리하기

- 일과를 메모로 정리하며 지내기
- 매일 이른 시간이나 여유 시간에 중요한 결정 내리고 행동하기
- 운동과 식사는 시간을 정해 규칙적으로 하기
- 포기하거나 변명하지 않도록 코치·트레이너·멘토 구하기
- 중요한 날짜와 약속을 메모하고 재차 확인하기

이처럼 일상적인 일의 선택지를 줄이고 단순하게 만들면 많은 에너지를 절약할 수 있다. 할 일이 너무 많아 무엇부터 해야 할지 모른다면, 일상적이고 반복적인 일은 미리 정해놓자. 이렇게 절약한 에너지는 다른 중요한 일을 하는 데 쓸 수 있고, 언제 생길지 모르는 상황에 대처하기도 쉽다.

나는 저녁에 5분을 '내일 준비 시간'으로 정했다. 다음 날 아침 상황을 떠올리며 알림장 체크, 입을 옷 준비, 아침 메뉴 구상을 한다. 자연스럽게 날씨도 미리 확인한다. 짧은 시간이지만 다음 날 아침 시간을 절약하는 효과가 크다.

그리고 일상에서 많은 역할을 하며 살기 위해서는 나를 위한 시간과 에너지가 고갈되지 않도록 주의해야 한다. 지속 가능한 일상을 위해 크고 작은 돌파구를 곳곳에 배치하자. 자신이 어느 때 어느 공간에서 잠시나마 여유를 가질 수 있는지 파악한다. 나

는 퇴근길 차 안에서 팟캐스트 방송이나 음악을 들으며 숨을 돌린다. 혼자 점심을 먹기도 하고, 가끔 아무 일정 없이 연차를 쓰기도 한다. 이때는 잠시 역할에서 물러나 충전을 위한 시간을 보낸다.

일상을 지키기 위해 많은 역할을 해내기는 쉽지 않다. 무리하지 않고 중간중간 쉼표를 찍으며 나가야 한다. 지치지 않도록 나를 지키며 나가다 보면 어느새 인간 다이소로 훌륭하게 성장한 자신을 발견할 것이다.

딸
직장인
엄마
아내
며느리

오늘의 나를 돌보는 스위치

가끔은 내 맘대로 생각 스위치를
끌 수 있음 좋겠어.

"여기 온 지 몇 달이 지났는데 왜 아직 그것밖에 못 해?"

심사부서에서 정책부서로 옮기고 한동안 크고 작은 지적을 많이 받았다. 두 부서는 업무 성격이 다르다 보니 처리하는 방식도 매우 달랐다. 이전 부서에서는 한 가지 민원에 대해 오래 고민하고 판단한 내용을 검토서에 담아 보고했다. 시간에 쫓길 일이 별로 없었고, 민원을 잘 파악하고 숙고한 상태에서 보고할 수 있었다. 나는 비교적 경력이 오래된 심사자였기에 이전 사례와 비교하며 내 생각을 담아 어려움 없이 보고했다.

새로 옮긴 부서는 한 번에 여러 이슈를 다루는 일이 많았다. 이슈마다 얕고 넓게 파악해야 했다. 내가 직접 자료를 보고 공부하는 게 아니라, 관련 부서 담당자에게 이것저것 물어보며 알아가야 했다. 시간도 많지 않았다.

윗분들이 빠르고 정확한 결정을 하려면 담당자가 보고를 잘

해야 한다. 배경을 설명하고 문제의 핵심을 짚어서 보고해야 다음 일이 착착 진행된다. 그런데 배경을 잘 모르면서 문제를 정확하게 파악하자니 어려웠고, 정확하지 않은 상태에서 보고할 수 없다는 생각에 이것저것 고민하다 보면 시간이 훌쩍 지나갔다. 느리고 부정확하니 총체적 난국이었다. 옆 사람에게 물어봐서 파악하는 데도 한계가 있었다. 각자의 몫으로 바쁜데 계속 물어보면 민폐를 끼치는 것 같아, 질문하려고 해도 상당한 용기가 필요했다.

그런 상황이 몇 달 동안 계속되자 너무 괴로웠다. 나는 이 부서에서 내 몫을 하지 못했다. 이전 부서에서는 다른 심사자를 도와가며 내 몫 이상 했다고 생각했는데 말이다. 스스로 이전 모습과 비교하고, 상사에게 주기적으로 혼나다 보니 자괴감이 수시로 몰려왔다. 연차는 적은가. 승진 연한이 오래전에 찬 상태였다. '이 연차 되도록 업무 능력이 이것밖에 안 되나'라는 생각이 하루에도 몇 번씩 들었다. 스트레스가 치솟으면 머리 한쪽부터 목덜미까지 찌릿찌릿했다.

그렇다고 당장 모든 걸 내려놓고 도망갈 순 없었다. 최소한 1년은 버텨야 했다. 내가 세운 부서 이동 기준은 '인수인계서를 제대로 쓸 만한 수준인가'였다. 업무를 적어도 1년 이상 해봐야 가능한 일이었다. 정책부서에서 내 업무를 완전히 파악한 상태로 꼼

꼼꼼히 작성한 인수인계서를 주며 후임자를 맞고 싶은데, 나는 아직 그럴 깜냥이 못 된다고 판단했다.

사실 이는 시간이 해결할 문제였다. 내 능력이 현저히 부족해서가 아니라 업무 성격이 그랬다. 크고 작은 이슈가 여기저기서 빵빵 터지고, 갑작스럽게 설명 자료를 작성해야 하는 일상이었다. 그날그날 업무 계획을 세워 일하는 것이 거의 불가능했다.

어떤 이슈가 생겨 보고할 때는 정확함과 신속함 두 마리 토끼를 잡아서 들고 가야 했다. 그런데 두 마리 토끼를 잡기는 쉽지 않았다. 무작정 뛰어가든, 덫을 놓든 자기만의 방법이 있어야 했다. 부서 이동 후 몇 달 만에 그런 기술을 익히기는 불가능했다. 많이 해봐서 중요한 것부터 잡아낼 경험치가 필요했다. 경험치는 누가 알려줘서 배우는 게 아니라 딱 시간이 흐른 만큼 갖출 수 있다. 부딪치고 깨져도 시간이 지나면 경험치가 분명히 쌓인다. 나는 최소한 그 사실은 잘 알았다.

그래서 짧게는 몇 달, 길게는 1년이 넘는 동안 스트레스를 관리해야 했다. 상황을 예측할 수 없는 상태에서 스트레스 원인을 없애기는 불가능했다. 그저 스트레스가 일정 수위를 넘지 않도록 관리하면서 상황을 잘 버티고 넘겨야 했다.

나의 업무 스트레스 관리 방법은 '스위치 확실히 끄기'다. 종일 사무실에서 정신없이 보내면 퇴근한 뒤에도 업무 생각이 나고, 힘든 상황이 머릿속에 되풀이될 가능성이 크다. 몸과 달리 정신은 퇴근하지 않은 것이다. 스위치가 제대로 꺼지지 않았다고 볼 수 있다. 몸과 함께 정신도 퇴근하려면 스위치를 확실하게 끌 몇 가지 장치를 마련하는 것이 좋다. 나는 스위치를 끄는 네 가지 방법을 정해두고 필요할 때마다 쓴다.

첫째, 퇴근길에는 콘텐츠를 활용한다. 나는 자가용으로 출퇴근하는데, 집에서 사무실까지 25분쯤 걸린다. 차에 타면 일단 오디오를 틀고 콘텐츠에 의식적으로 집중해 그날 스트레스 받은 장면을 최대한 머릿속에서 몰아낸다. 듣기 편하고 정보도 얻을 수 있는 콘텐츠 몇 가지를 정해서 듣는다.

팟캐스트는 '듣다 보면 똑똑해지는 라이프(듣똑라)'나 '지적 대화를 위한 넓고 얕은 지식(지대넓얕)'을 주로 듣고, 오디오북은 '스토리텔'의 정기 구독 서비스를 이용해 소설이나 자기계발서를 듣는다. 특히 스웨덴 소설가 요나스 요나손의 작품은 무척 재미있어서 아껴 들었다. 박완서 선생의 소설도 흥미롭다. 나는 내용이 너무 어렵지 않으면서 약간 집중해야 하는 콘텐츠를 추천한다. 좋아하는 음악 듣기도 한 가지 방법이기는 하지만 듣다 보면 금세 배경음악이 되어 생각이 '그 장면'으로 돌아가곤 한다. 그래서 의

식적으로 집중할 수 있는 콘텐츠를 활용하는 것이 효과적이다.

둘째, 집에 도착하기 전 나만의 아지트에 잠시 들른다. 시어머니가 일주일에 세 번 아이가 집에 돌아올 때 도와주신다. 그날 퇴근이 이르면 가끔 저녁을 먹고 들어가기도 한다. 집에 돌아와 어머니와 바통 터치를 하기 전에 숨을 고르는 것이다. 집에서 가깝고 내가 좋아하는 메뉴를 파는 식당 두세 곳을 아지트로 정했다. 모두 '혼밥'하기 좋은 곳이다. 저녁을 먹는 30분 남짓 넷플릭스 드라마나 흥미로운 유튜브 영상을 보면 잠시 현실에서 벗어날 수 있다. 짧은 시간이지만 다른 세상에 다녀온 것처럼 스트레스 상황을 잊는다. 맛있는 음식을 먹고 기분 좋은 포만감은 덤이다. 이 방법은 중독성이 있지만 시간이 허락해야 하므로 자주 쓰기는 어렵다.

셋째, 아이와 보내는 시간에 집중한다. 퇴근 후 30~60분 아이와 놀이에 몰입한다. 이 방법은 상사에게 잔뜩 혼난 날 특히 효과적이다. 억울해도 딱히 호소할 사람이 없고, 상황을 되새기고 싶지 않을 때는 가장 소중한 사람을 즐겁게 해주며 그 감정을 털어버린다.

나는 아이가 좋아하는 역할 놀이를 하거나, 아이와 함께 춤추고 노래 부른다. 포인트는 아이와 이 활동을 하며 잠시나마 흠

빽 빠져드는 것이다. 빠르게 스트레스 상황을 잊으면서 아이와 효과적으로 교감도 할 수 있으니 일석이조다. 아이가 좋아하는 책을 여러 권 읽어주는 것도 방법이다. 내용에 집중해서 읽다 보면 다른 생각이 금방 잊힌다. SNS를 하거나 인터넷 서핑보다 아이와 몰입해서 놀기가 스위치를 끄는 데 효과적이다.

넷째, 꾸준히 운동한다. 수영이나 헬스 같은 프로그램에 등록해도 좋고, 앱이나 스마트 워치의 도움을 받아도 좋다. 스마트 워치를 이용하면 그날 활동량과 걸음 수를 체크할 수 있어 목표 의식을 갖는 데 도움이 된다. 나는 스마트 워치에 표시되는 하루 활동 시간(30분)과 걸음 수(1만 보) 채우기를 목표로 한다.

스트레스 관리를 위해 운동해야 하는 이유 중 하나는 '몸과 마음이 아프지 않기 위해서'다. 심장 박동 수와 체온을 올리는 운동을 꾸준히 하면 면역력이 높아져 감기 같은 잔병이 걸리지 않는다. 실제로 나는 달리기와 홈 트레이닝을 한 10여 년 동안 감기에 걸린 기억이 별로 없다. 20대까지 달고 살던 만성 소화불량에서도 해방됐다. 꾸준한 운동은 몸과 마음을 지키는 가장 큰 무기다. 장기적으로 자신만의 운동 패턴 만들기를 추천한다.

내가 이용하는 스위치 끄기의 포인트는, 어떤 일을 '반드시 머릿속에서 지워야 한다'고 생각하는 대신 집중할 다른 대상을 찾

는 것이다. 일과 경영에 대한 통찰력 있는 강의로 유명한 사이먼 사이넥 작가의 짧은 강연 영상이 있다. 〈How To Stop Holding Yourself Back(자신을 억제하는 생각을 멈추는 방법)〉이다. 강연을 시작하는 문장 'The human brain cannot comprehend the negative(인간의 뇌는 부정적인 개념을 이해하지 못한다)'로 더 유명하다. "코끼리를 생각하지 마세요"라고 말하면 사람들은 코끼리를 생각한다. 코끼리를 생각하지 말라는 말이 오히려 코끼리 생각을 하도록 강조하기 때문이다.

이 원리를 잘 아는 파일럿은 비행하면서 '저 장애물에 부딪히면 안 돼'라고 생각하지 않는다. 그러면 장애물에 오히려 집중하게 된다. 스키 선수도 슬로프를 내려가면서 '저 나무를 피하자'라고 생각하지 않는다. 그러면 오히려 길 위에 있는 나무 수백 그루가 보이기 때문이다. 그들은 장애물 사이로 보이는 길에 집중한다. 오로지 '길을 따라가', '눈길을 따라가'라고 생각한다. 집중해야 할 대상에 초점을 맞추는 것이다.

스트레스를 관리하는 데도 이 방법을 쓸 수 있다. 종일 시달리고 고달팠던 일상의 스위치를 끄려고 마음먹었을 때, '이 일은 더 생각하지 말자' 대신 다른 대상에 의식적으로 집중하는 것이다. 여기서 집중할 대상은 내가 좋아하고 흥미를 느끼는 것일수록 스위치가 잘 꺼지고 몰입할 수 있다.

워킹맘의 스트레스 관리는 '내일'을 생각해야 한다. 스트레스를 푼다고 전처럼 밤새 뭔가 먹으며 TV를 본다거나, 친구들과 늦게까지 술을 마시는 방법은 이제 쓸 수 없다. 무엇보다 다음 날 너무 힘들다. 오늘의 내가 내일의 나에게 빚을 져선 안 된다. 오늘 받은 스트레스는 내일로 넘기지 말자. 그날그날 스위치를 잘 끄는 것만으로 스트레스를 상당히 관리할 수 있다.

스위치를 효과적으로 끄는 나만의 방법을 찾자. 포인트는 '지속 가능함'이다. 오늘 스위치를 잘 끄는 것만으로 내일 다시 일어나 달릴 수 있다.

스위치 끄기의 포인트는,
'반드시 머릿속에서 지워야
한다'고 생각하는 대신
집중할 다른 대상을 찾는 것이다.

육아휴직기
다크 모드 해제법

육아는 아이와 내가 함께
커가는 과정이다.

서른 달하고도 열흘. 나는 아이를 낳고 나서 여느 직장인보다 긴 육아휴직 기간을 보냈다. 국가공무원법에 따르면 '만 8세 이하 또는 초등학교 2학년 이하의 자녀를 양육하기 위해 필요하거나 여성 공무원이 임신 또는 출산하게 된 때' 3년 이내로 육아휴직을 쓸 수 있다. 나는 출산과 육아가 막연하던 20대 때부터 '생후 36개월 애착 형성 기간' 이론을 신봉했다. 아기를 낳으면 반드시 휴직 기간을 길게 잡고 아기와 끈끈한 애착 관계를 형성하겠다고 생각했다. 실제로도 남보다 훨씬 긴 육아휴직 기간을 보내서, 아기가 어린이집에 들어가기 전까지 출산휴가와 육아휴직 기간을 합해 생후 33개월을 아기와 붙어 지냈다.

아이를 낳고 키워보니 긴 휴직 기간은 정말 필요하다. 출생 후 1년이 길게 느껴지지만, 돌이 된 아기는 정말 작다. 다시 1년을 더 키워 두 돌이 돼도 아기는 여전히 작다. 이렇게 작은 아기를 두고 복직하려면 믿을 만한 대체 양육자나 보육 시설을 찾아야 한다. 겪어본 사람은 부모 대신 아기를 키워줄 사람(혹은 시설)을 찾고 시간과 장소 등을 조율하기가 쉽지 않다는 점에 공감할 것이다. 마음에 쏙 드는 조건을 찾기 어려울뿐더러, 그마저 구하기 쉽지 않아 가능성 있는 곳에 대기표부터 들이밀어야 한다. '아기를 맡기는' 특수한 상황 때문에 아기를 봐주시는 분(혹은 시설)과 관계 형성이 여타 서비스 이용 방식과 다르다. 내 마음대로 되지 않아도 함부로 항의할 수 없다. 아기가 걸린 문제니 늘 조심스럽다.

다행히 이런 걱정을 한참 미룰 수 있을 만큼 내게 보장된 휴직 기간이 길었다. '아기와 애착 관계를 잘 형성하리라'는 비장한 결심과 '휴직'이라는 단어에 담긴 '(드디어) 나도 쉴 수 있다'는 기대감이 더해져, 긴 휴직 기간을 보내자는 결정은 어렵지 않았다.

휴직을 앞두고 설레기도 했다. 학창 시절과 취업 후 그때까지 방학을 제외하고 일정 기간 이상 쉬어본 적이 없었다. 매일 아침 어디로 가지 않아도 된다는 사실이 낯설면서 좋았다. 긴 휴가를 받은 기분이었다. 돌아갈 곳이 있으니 불안하지도 않았다. 이 여유를 마음껏 즐겨야겠다고 생각했다. 시간은 잘 흘렀고 어느덧 때가 왔다. 아기는 뱃속에서 착실히 자라 나올 때를 알렸다. 나는 아기가 나오기 전에 딱 보름 동안 여유를 만끽했다.

출산 이후 내게 새로운 정체성이 급격히 부여됐고, 쉴 틈 없이 적응해야 했다. 새로운 생명은 아주 작고 약했다. 아기를 위해 내가 할 일은 그동안 해온 일과 너무나 달랐다.

새로운 정체성은 '생식'과 '양육' 기능에 초점이 맞춰졌다. 내가 받은 교육, 사회생활을 위한 업무 능력, 자아실현 목표 따위와 아무런 관련이 없었다. 손 닿으면 부러질 듯 작은 생명을 위해 먹거리를 마련하고(자체 생산 포함), 위생적이고 적정한 환경을 제공하고, 필요한 면역 기능을 제때 갖추도록 온 신경을 쏟아야 했다. 때가 되면 적절한 사회화를 포함해서 말이다. 포유동물이 제 어린것을 키우는 모습과 다르지 않았다. 이 원초적인 정체성에 익숙해지기까지 생각보다 많은 정신적 스트레스가 따랐다.

전에는 스트레스 상황에서 책이나 인터넷을 열심히 찾아보고 가까운 사람에게 조언을 구하기도 했는데, 이런 스트레스에 대처하는 법은 전혀 몰랐다. 아기를 잘 키우는 데 필요한 정보와 편리한 물품이 차고 넘치지만, 당사자가 겪을 정신적 · 신체적 변화는 알려진 바 없었다. 임신과 출산, 육아가 사회와 개인에게 미치는 영향을 고려하면 이런 변화에 대해 정규 필수 과정으로 교육해야 한다는 생각이 들었다. 인생에서 임신과 출산, 육아를 선택하든 선택하지 않든 말이다. 충분히 알고 준비했으면 어떤 선택을 하든 나나 타인의 육아에 대한 마음가짐이 달랐을 것이다.

당사자가 된 이상, 빠르게 정보를 습득해서 새로운 업무 방식을 익혀야 했다. 그러다 보니 육아휴직 초반에 무척 혼란스러웠다. 삐거덕거리는 몸과 마음이 완전히 회복되기까지 적어도 1년은 그런 느낌으로 지냈다. 정체성을 갑자기 바꾸기도 힘들었지만, 휴직 기간 중 두 가지 생각이 불쑥불쑥 떠올라 괴로웠다. '왜 나만?'과 '아, 외롭다'라는 생각이었다.

내가 휴직하는 동안 남편은 전과 다름없이 직장생활을 했다. 당연하다. 좋든 싫든 적어도 한 명은 경제활동을 해야 나머지 가족이 먹고산다. 그런데 나는 아기가 태어난 뒤에도 출장과 야근으로 바쁜 남편이 마음에 들지 않았다. 갓난아기를 돌보는 데 일손이 부족하기도 했지만, 남편이 미운 진짜 이유는 따로 있었다.

나는 출산 후 커리어를 잠시 멈추고 육아와 집안일을 전담했다. 긴 휴직은 내가 선택했지만, 남편은 이런 선택을 한 번도 고민하지 않았다는 사실이 느닷없이 떠올랐다. 새삼스레 화가 났다. 남편은 새 식구에 대한 책임감을 '느끼는 것' 말고 물리적으로 큰 변화가 없었다. 전처럼 직장에 다니면서 오히려 승승장구하는 듯 보여 괜히 부아가 치밀었다. 아기와 전쟁 같은 하루를 보낸 내게 대화를 시도한다고 회사 일을 얘기할 때는 "너는 이런 것 모르

지?"라고 자랑하는 양 고깝게 들렸다.

사회생활이 힘들다는 걸 모르지 않는다. 출근해서 사무실에 앉아 있기만 해도 월급만큼 노동이 된다는 걸 누구보다 잘 안다. 하지만 그때 나는 힘껏 달리다가 갑자기 멈추는 바람에 관성을 견디지 못하고 넘어진 것 같은 정신상태였다. 시간이 지나면 다시 달릴 때가 반드시 온다는 걸 알면서도 마음은 그렇지 않았다. 처음 겪는 상황을 혼자 온전히 받아들이기가 어려웠다. 육아가 뭔지 모르던 시절의 추상적인 결심은 어렵고 고된 육아 현실 앞에서 낱낱이 흩어졌다.

쉽게 회복되지 않는 마음 상태는 고스란히 남편에게 전달됐다. 내가 남편을 대하는 태도에 기본적으로 '화'가 장착됐다. 나는 육아를 감당했고, 남편은 시도 때도 없이 '다크 모드'로 변하는 나를 감당했다.

불쑥불쑥 찾아오는 외로움도 마음을 어둡게 하는 이유였다. 출근하면 자연스럽게 옆자리 동료와 대화할 일이 생긴다. 업무가 힘들면 짬을 내서 동료와 커피 한잔하며 의논할 수 있다. 쉬는 시간에는 소소한 고민을 털어놓기도 한다. 어떤 주제로든 '어른과 나누는 대화'가 정신 건강에 얼마나 중요한지 휴직하면서 깨달았다.

아기의 요구는 일방적이고 즉각적이다. 내가 생리적이고 기본적인 욕구를 해소하는 와중에도 예외가 없다. 아기에게 필요한 조치는 내 급한 사정 따위 봐주지 않는다. 이런 일상을 혼자 겪다 보면 쉽게 지친다. 어디 하소연하는 것도 잠시뿐, 일상으로 돌아오면 마찬가지다.

《스위스 아이처럼 스위스 아빠처럼》(미래의창, 2018)은 육아휴직을 한 외교관 아빠가 쓴 책이다. 작가가 스위스 시골에서 두 해 동안 전업주부로 어린 두 아들을 키우며 겪은 에피소드가 담겨 있다. 이 책을 쓴 임상우 작가는 부부 외교관이다. 작가의 아내는 결혼 후 두 아들을 낳고 연이어 2년간 육아휴직을 했다.

그는 "어떻게 능력 있는 아내만 연달아 육아휴직을 시키느냐. 혼자만 커리어 관리하지 말라"는 직장 동료의 가벼운 질타를 듣고 나서, 문득 아내에게 미안했다. 아내가 스위스로 발령이 나자, 그는 호기롭게 가족의 뒷바라지를 위해 2년간 육아휴직을 자처하고 전업주부로 변신했다. "집안일과 아이들은 걱정 말라"고 큰소리쳤지만, 막상 집안일과 육아를 혼자 하기는 무척 어려웠다. 더구나 스위스 시골에서 말이다. 스위스는 물가가 무척 비싸고, 우리나라처럼 배달 시스템과 편의 시설이 잘 갖춰지지 않아 직접 해결할 일이 많았다. 작가는 휴직 초반에 무척 힘들었다고 한다.

'바깥양반'으로 변신한 아내가 보이는 행동이 그를 더 힘들

게 했다. 퇴근 후 시간이 지나도 집에 들어오지 않거나, 밖에서 벌어진 일로 힘든 내색을 하거나, 가족에게 소홀한 모습을 발견하는 순간 종일 참은 분노가 치솟았다. 빨래를 아무 데나 두거나, 서랍을 닫지 않는 일은 예사였다. 물병 뚜껑을 제대로 닫지 않아 물을 엎지른 적이 한두 번이 아니었다. 퇴근할 때 물건을 사다 달라고 한 부탁을 잊어버리는 일도 부지기수였다.

작가는 '집사람'과 '바깥사람'의 정체성과 역할이 바뀌는 초반에 특히 힘들었다고 한다. 급기야 아내가 집안일과 육아를 은근히 평가절하하는 것 같고, 주부인 자신을 무시한다고 느끼기 시작했다. 그는 "집에서 서랍을 열었다 닫지 않은 것은 회사에서 부장님에게 올린 보고서에 수정 요구가 있었는데 대답만 하고 안 고치는 것과 같다"고 말한다. 몇 년이 흐른 지금도 그 일을 생각하면 화가 난다고 한다.

작가는 육아휴직을 하면서 분노가 차곡차곡 쌓인 전업주부의 마음을 정확하게 이해했다고 말한다. 그는 육아와 집안일을 돌보기 위해 주변의 지인을 모아 모임을 만들고, 정기적으로 만나면서 정보를 얻고 스트레스도 해소했다고 한다.

나 역시 전업주부이자 '육아인'으로 살기 위해 정신 건강을 챙길 필요가 있었다. 휴직 기간 내내 다크 모드로 지낼 순 없었다.

인터넷에서 찾아보니 임신과 출산에 따른 호르몬 변화가 정신 건강에 영향을 미쳐 산후우울증이 생길 수 있다고 한다. 출산 후 4주 사이에 우울감이 심해지고, 1년 이내에 언제라도 나타날 수 있다. 증상은 절망감, 자아 존중감 저하, 죄의식, 사회적 소외감, 불안감 등 다양하다. 모두 내 감정과 비슷했다.

아기와 오롯이 보내는 시간은 다시 오지 않을 소중한 시간이다. 게다가 내가 선택한 시간 아닌가. 여건이 되는 직장에 다니는 것도 어찌 보면 행운이었다. 아기가 세상에 나오고 첫 36개월은 주 양육자와 애착을 형성해야 한다는 이론을 신봉한 내가, 실전에서 겪는 어려움 앞에 속수무책으로 당하는 형편이었다. 그렇다고 마냥 어두운 마음 상태로 있을 순 없지 않은가. 남편도 나의 다크 모드를 감당하느라 지쳐 보였다. 자구책을 마련해야 했다. 내가 사용한 육아 우울 퇴치 방법은 세 가지다.

우선 육아 외에 성취감이 드는 활동을 한다. 육아는 '업무 강도'에 비해 성취감과 보람이 놀라우리만치 적다. 어제보다 좀 더 자란 아기의 모습을 보면 기쁘지만, 육아를 위한 활동은 반복적이고 고되다. 날마다 많은 일을 해도 때로 아무 일도 하지 않은 기분이다. 반드시 정신 건강을 위한 샘물 같은 무엇을 찾아야 했다.

나는 '대학원생'이라는 직업이 하나 더 있었으므로 논문 준

비를 위한 작업을 해야 했다. 생활 패턴을 아기의 생체리듬에 맞춰야 하니, 가능한 시간대를 찾아 일정한 분량을 공부했다. 예를 들어 아기가 낮잠을 자면 적어도 한두 시간은 확보한 셈이니 바로 책상에 앉아 공부를 시작했다. 설거지와 빨래가 쌓여 있어도 일단 정해진 분량을 공부했다. 집안일은 퇴근 후 돌아온 남편이 해도 되고, 아기가 혼자 놀 때도 할 수 있다. 내가 오롯이 집중할 수 있는 시간만큼은 공부에 썼다.

인터넷에서 육아휴직 기간에 틈틈이 공부한 이들의 경험담을 봤다. 중국어 시험에 도전해서 HSK 급수를 딴 블로거, 재테크 책을 읽고 경제 분야로 시야를 넓힌 사람도 있다. 커리어를 잠시 멈췄다고 내 성장까지 멈춰야 하는 것은 아니다. 내 성장을 위한 활동 찾기는 정신 건강과 지속 가능한 육아휴직 라이프에 필수다. 휴직 기간에 달성할 목표를 하나 설정하고, 이를 위해 날마다 작은 목표를 세우자. 반복되는 일상에 활력이 될 것이다.

다음으로 지원군을 확보한다. 종일 아기와 둘이 있으면 지치고 외롭다. 아무도 알아주지 않는 소모적이고 반복적인 일상은 지루해서 우울감에 빠지기 쉽다. 많은 사람이 '조리원 동기'나 '동네 육아 친구'를 만들어 함께 어려움을 이겨내는데, 날마다 출근하기 바빴던 내가 동네에 또래 친구가 있을 리 없었다. 조리원 동기도 딱히 만들지 않았고, 뒤늦게 동네 친구를 사귀겠다고 갓난아기 짐을 주렁주렁 챙겨서 집 밖으로 나설 순 없었다.

내게 좋은 육아 동지는 친동생이었다. 동생은 나보다 몇 달 앞선 육아 선배지만 사는 지역이 멀어 자주 만나지 못했다. 그래도 어쩌다 부모님 댁에 가면 '공동육아'를 하며 함께 시간을 보냈다. 아기들을 데리고 놀이터에 나가거나, 문화센터 수업을 듣거나, 전철을 타고 인천공항에 가서 잘 꾸며진 시설을 구경했다. 궁금한 것이 있으면 수시로 동생에게 조언을 구했고, 동생은 경험으로 얻은 유용한 정보를 나눠줬다. 육아의 세계가 특별하다 보니, 어려움을 토로하고 조언을 구할 상대로 몇 달 앞선 선배만 한 이가 없다. 내 어려움을 이해해줄 지원군을 한 명이라도 확보하자.

마지막으로 이 시간이 다시 오지 않음을 상기한다. 지치고 반복되는 시간이 끝나지 않을 것 같지만 분명히 지나간다. 어느 늦가을 오후, 창문으로 살짝 기운 햇살이 안방 침대에 가득 퍼진 걸 봤다. 문득 아기와 함께 이 햇빛을 받고 싶었다. 거실에 있는 아기를 데려와 눕히고 나도 그 옆에 누웠다. 아기와 마주 보면서 햇살처럼 밝은 아기 얼굴과 눈빛을 꼭 기억해야겠다고 생각했다. 이 모습으로 이렇게 예쁜 순간은 지금뿐이기 때문이었다.

복직 이후 그런 순간은 다시 오지 않았다. 하루 중 아이와 만

나는 시간은 아침과 저녁이다. 그 짧은 시간은 먹이고 씻기는 등 필요한 일만 하기도 바쁘다. 복직하고 나니 아이와 여유로운 한때를 보낼 기회가 좀처럼 생기지 않았다. 집 안과 내 마음이 엉망이어도 아기는 자란다. 육아하는 일상이 지치고 고되지만, 이 시간은 다시 오지 않음을 기억하자. 아기와 함께하는 보석같이 아름다운 장면을 하나하나 사진 찍듯 마음에 새겨두자.

"육아育兒는 아이를 기르는 과정인 동시에 '나를 기르는育我' 과정이다"라는 말이 있다. 신생아를 키우는 육아휴직 기간은 '육아인'으로서 정체성을 획득하는 시간이다. 휴직 당사자가 집에서 논다고 생각하는 사람이 있는데, 잠시 직장 업무를 내려놓았다고 해서 논다고 생각하면 곤란하다. 예전의 나를 내려놓고 새로 태어나는 일이 어디 쉬운가. 육아휴직 기간은 육아라는 어렵고 심오한 업무를 익히고, 새로운 어려움에 맞선 자신에 대해 배우는 기간이다. 그런 의미에서 육아휴직 기간은 '육아 업무 기간'이다.

요즘은 육아휴직을 하는 아빠도 많다. 아이를 키우면서 커리어를 유지하는 방법이 전보다 유연해지고 합리적으로 변해간다는 점에서 반길 일이다. 아빠든 엄마든 온전히 육아를 위해 커리어를 잠시 내려놓는 결정은 쉽지 않다. 육아휴직을 결심했다면 그 기간을 슬기롭게 보낼 방법을 생각하자.

직장인으로만
살기 싫어서

'나는 이대로 괜찮을까?'
퇴사자가 생기면 마음에 작은 파문이 인다.

최근 유튜브에서 화제를 모은 공무원이 있다. 충주시 홍보 유튜브 채널을 운영하는 김선태 주무관이다. 그가 운영하는 유튜브 채널은 구독자 수가 약 50만 명으로, 충주시 인구(약 20만 명)보다 훨씬 많다. 지방자치단체 유튜브 채널 가운데 압도적인 1위다.

충주시 소속 공무원 김 주무관이 올린 유튜브 영상은 다른 지자체 홍보 영상과 사뭇 다르다. 젊은 사람들이 좋아하는 이른바 'B급 감성'을 잘 이용했다. 인터넷에서 유행하는 밈meme을 쓰고 재미있게 편집해, 구독자가 끊임없이 보게 된다. 그동안 그가 올린 영상은 모두 수십만에 이르는 조회 수를 기록했다.

영상은 재미를 추구하면서도 '지역 홍보'라는 원래 목적을 놓치지 않는다. 재치 있고 기발한 아이디어가 눈에 띄지만, 보는 사람이 불편하지 않게 '선'을 지킨다. 충주시장 인터뷰나 충주시 공무원 송년 인터뷰 영상을 보면 일선 공무원이 어떤 마음가짐으로 일하는지 드러나 마음이 따뜻해진다. 같은 공무원으로서 공감하며 영상을 보다가 충주시에 대해 많이 알게 됐다.

충주시 홍보 영상 댓글 창을 보니 김 주무관의 노력과 재능을 칭찬하는 내용이 많았다. '이런 인재는 대기업 홍보팀에서 고액 연봉으로 모셔가야 한다'는 댓글도 있었다. Q&A 동영상에서 그는 '스카우트 제의를 받았냐'는 질문에 사기업을 비롯해 여러 곳에서 제의를 받았지만, 연봉 때문에 가지 않았다고 장난스레 답했다.

동영상과 댓글을 보며 한때는 국가나 지방 공공 단체가 '평생직장'의 대명사였지만, 지금은 그렇게 생각하지 않는 사람이 많다는 것을 느꼈다. 많은 사람이 공무원도 능력과 기회가 되면 자연스럽게 이직할 수 있다고 생각한다. 실제로 한국행정연구원이 진행한 '2022년 공직 생활 실태 조사' 결과에 따르면, 공무원 45.2퍼센트가 기회가 될 때 이직할 의향이 있다고 답했다. 2021년 같은 조사 결과(33.5퍼센트)에 비하면 불과 1년 만에 12퍼센트 포인트 가까이 높아진 수치다.

당시 식약처에서도 달라진 분위기가 느껴졌다. 특히 들어온 지 몇 년 안 된 젊은 공무원의 퇴직 사례가 늘었다. 인사 발령 공문에 '원에 의하여 그 직을 면함'이라 적힌 퇴직 소식을 보면 나도 모

르게 많은 생각이 들곤 했다. 당사자는 수없이 고민한 끝에 더 나은 길을 찾아 결단했을 것이다. 떠나는 이나 남은 이의 마음에 크고 작은 파문이 인다. 14년 차로 입직과 퇴직을 수없이 봐온 나도 그랬다.

'나는 이대로 괜찮을까?'라는 생각이 이어졌다. 당장 어디론가 떠나야 한다기보다, 지금 어떤 자세로 직장생활을 해야 할지 생각했다. 일할 때는 가장 공무원답기 위해 노력하지만, 한편으로 공무원으로만 살지 않아야 했다. 지금 공무원이라고 해서 죽을 때까지 공무원이란 법은 없었다. 공무원 조직이라는 두꺼운 갑옷을 벗었을 때 나는 과연 어떤 가치로 인정받을 수 있을지 생각했다.

어렵게 시험에 합격해 공무원이 되고도 자기 재능을 활용해 다른 길을 가는 사람이 있다. 평생 공무원으로 일하는 것만이 정답은 아니라고 생각해서다. 진고로호 작가는 지방직 공무원으로 8년 8개월 근무하다가 퇴직하고 전업 작가가 됐다. 진고로호는 작가가 키우는 고양이들의 이름을 조합해서 만든 필명이다. 그는 9급 공무원으로 주민센터에서 일하던 시절 틈틈이 쓰고 그린 글과 그림으로《퇴근 후 고양이랑 한잔》을 펴냈다. 그가 일상에서 만난 작은 생명을 애정 어린 시선으로 관찰하여 쓴《미물일기》는 브런치북 대상을 받기도 했다.

나는 작가가 브런치스토리에 연재한 카툰 에세이 〈9급공무원 호순이〉(《공무원이었습니다만》으로 출간)에서 담담하고 솔직하게 그린 민원 담당 공무원의 희로애락에 '폭풍 공감'했다. 그에게 구청이나 주민센터는 평생직장이라기보다 학교에 가까웠다고 한다. 그는 구청과 주민센터에서 사람과 일에 치이며 고단하고 막막한 시간을 참고 견디는 법을 배웠다. 주민센터 민원 업무를 하면서 또래 사람들의 사망신고를 연달아 접한 것이 작가가 공무원을 그만둔 계기 중 하나다. 그는 '길지 않은 인생인데 더 마음이 가는 일을 해봐도 되지 않을까?' 생각하고, 직장을 그만둘 결심을 했다.

그런가 하면 20~30대 젊은 공무원이 어려운 행정 고시에 합격해 사무관이 되고 나서 조직을 떠나는 경우도 많다. '철밥통'으로 여겨지는 공무원 조직에 매력을 느끼지 못해서다. 공무원 조직에서 일한 경험을 살려 대우와 '워라밸'이 좋은 민간 기업으로 옮기거나, 고시 경험을 바탕으로 합격 비법을 알려주는 강사가 되기도 한다.

《나는 무조건 한 번에 합격한다》(웅진지식하우스, 2022)를 쓴 이형재 작가는 행정 고시 합격 후 국무조정실에서 근무한 전직 행정사무관이다. 그는 고시 공부를 시작한 지 1년 만에 합격해 사무관이 됐고, 직장생활을 하며 바쁜 와중에도 미국 회계사, 공인중

개사 등 여러 어려운 시험에 합격했다. 사무관으로 일하는 틈틈이 공부를 해서 시험에 합격하려면 철저한 시간 관리와 자기관리가 필요했다. 공부 효율을 극대화하기 위한 '초압축 공부법'부터 그가 세운 전략은 유효해서, '시험왕'으로 불릴 정도로 각종 어려운 시험에 합격할 수 있었다. 지금 그는 행정 고시 준비생을 가르치며 공부 전략을 알리는 강사로 일한다.

진고로호 작가나 이형재 작가, 충주시 홍보맨 김선태 주무관처럼 대중에게 인정받는 특별한 재능을 갖춘 사람도 있지만, 대다수 평범한 직장인은 그렇지 않다. 그래서 우리는 직장에 다니는 동안 '나만의 커리어 강점'을 찾는 연습을 해야 한다.

《직장인에서 직업인으로》(김영사, 2020)를 쓴 김호 작가는 "직장 20년 다닌다고 직업이 생기지 않는다"고 했다. 직장인과 직업인은 혼동하기 쉽지만, 엄연히 다른 말이다. 작가는 이 차이를 은행에 개설한 통장에 비유했다. 직장을 몇 군데 다녔느냐는 '통장 개수'에, 직장 경험으로 어떤 기술을 갖췄느냐는 통장에 든 '현금'에 빗댈 수 있다. 누구나 통장 개수보다 통장에 든 현금이 많기를 바랄 것이다. 우리가 직장에 다니는 동안 할 일은 통장에 든 현금 늘리기다. 직장생활을 하는 동안 전문성을 갖춘 직업인이 될 수 있도록 경험과 기술을 최대한 확보해야 한다.

가장 큰 이유는 이르든 늦든 언젠가 직장을 떠나기 때문이다. 작가는 우리가 직장이 아니라 인생에서 성공하고 싶다면 직장을 떠나기 전에 반드시 '직업인'이 되라고 말한다. 직장 밖에서도 능력을 펼칠 수 있도록 전문성을 쌓기 위해 직장을 최대한 활용해야 한다. 단순히 일을 더 많이 하거나 인맥을 열심히 쌓으라는 것이 아니다. 직장에 다니는 목적과 태도를 다시 생각해야 한다는 얘기다.

내 분야에서 전문가로 어떻게 인정받을지 고민하다 보면 강점이 무엇인지, 어떤 점을 보완해야 할지, 지금 하는 업무 방식을 어떻게 개선할 수 있을지 생각하게 된다. 내가 만든 결과물이 직장 밖에서 어떻게 평가받고 값이 매겨질지 생각하면 커리어를 객관적으로 바라볼 수 있다.

나는 커리어의 큰 그림을 주로 '의약품 규제' 분야에서 그렸다. 박사 학위를 받는 과정에서 '의약화학' 분야를 좀 더 깊이 이해하게 됐으니 화학합성 방법으로 만든 의약품에 특화했다고 할 수 있다. 신약을 개발해 허가받는 과정과 허가 후 안전하게 관리할 방법에 대해 전반적으로 이해하고 있기에, 직업인으로서 내 가치는 의약품 규제 분야에서 찾을 수 있을 것이다. 나는 지금 전문가로서 앞으로 어떤 부분을 촘촘히 보강할지 염두에 두고 일한다.

지인 K가 자신의 커리어가 현재 어떤 상태인지 점검하기 위해 쓰는 방법이 있다. IT 회사 팀장인 K는 자신의 팀원들에게 적어도 1년에 한 번은 이직할 곳을 알아보고 기회가 닿으면 면접도 보라고 조언한다. K 역시 이직 기회에 열린 자세를 고수한다. 이직을 준비하고 기회가 돼서 면접까지 보면 자신의 경력이 현재 어느 정도 가치인지 객관적으로 알 수 있기 때문이다. K가 말하는 이직 준비의 장점은 크게 두 가지다.

경력 기술서를 쓰면서 자신의 강점과 보완할 점을 알게 된다. 경력 기술서에는 어느 회사 어느 부서에서 몇 년간 일했는지, 그 경력을 통해 갖춘 전문성과 강점을 쓴다. 자신의 강점에 대해 직접 써 내려가다 보면 평소 막연하게 생각하던 것과 전혀 다르다는 것을 알게 된다. 그 강점을 구슬처럼 꿰어 하나의 맥락으로 보여줄 수 있어야 한다. 경력을 그저 나열하는 것과 맥락으로 보여주는 것은 천양지차다. 이는 직접 해봐야 알 수 있다. 경력 기술서 쓰기는 내 경력의 현재 모습을 객관적으로 확인할 첫 단계다.

그리고 '몸값 진단'을 포함한 업계 현황 파악이다. 입사할 때 책정된 연봉은 입사 후 큰 폭으로 변동할 일이 별로 없다. 따라서 입사 후에는 자기 몸값을 재평가할 기회를 잡기 힘들다. 이직할 곳을 알아보고 기회가 닿으면 면접도 보면서 몸값 책정을 다시 받아보는 것도 이 때문이다. (마치 주기적으로 건강검진 받듯이 말이다.)

면접을 보면서 면접관에게 나를 보여주기도 하지만, 내가 면접관과 대화하면서 파악하는 업계의 상황이 있다. 회사 안에서 몰랐던 업계의 현재 모습을 피부로 느끼는 기회다. 이 과정에서 현재 몸담은 직장의 소중함을 알 수도 있고, 반대로 더 좋은 기회를 찾았다고 여길 수도 있다.

K는 팀원들에게 높은 연봉과 좋은 근무 조건을 제시하는 곳을 만나면 얼마든지 이직해도 좋다고 말한다(쿨한 팀장이다). 그렇지 않으면 어떤 노력을 해서 경력을 발전시키고 몸값을 높일지 꼭 생각해야 한다고 조언한다.

이직률이 상대적으로 높은 IT 업계의 특성을 감안해야 하지만, K의 조언은 공무원인 내게도 의미 있었다. 그의 조언대로 경력 기술서를 써보니 커리어의 큰 맥락이 드러났다. '콘셉트'가 잡히니 앞으로 뭘 해야 할지도 구체적으로 생각하게 됐다.

누구와 근무하고 업무량이 얼마나 많은지도 중요하지만, 내가 전문가로 성장하려면 어떤 업무 경험이 필요한지 고려해야 한다. 물론 희망 부서가 있어도 인사 배치 과정에서 얼마든지 반전이 일어날 수 있다. 그런 이유로 조직에서 커리어 패스 전략은 긴 안목으로 세워야 한다. '경력의 큰 맥락', 즉 콘셉트를 반드시 잡는 것이 무엇보다 중요하다.

우리가 지금은 직장을 위해 일하지만, 한편으로 직장인으로만 살지 않아야 한다. 혹시 당장이라도 여길 떠나야 한다면 내 능력과 경험으로 어떻게 돈을 벌지 늘 생각해야 한다. 역설적으로 늘 그런 고민을 하며 약점을 보완하고 강점을 확실하게 파악하려고 노력하는 사람은 조직생활을 더 잘한다. 자신이 뭘 원하는지 정확히 알고, 전문가가 되기 위해 노력하기 때문이다. 그리고 업무에서 어떤 기회가 생기면 주저하지 않고 결정한다.

'조직이 나를 어떻게 이용하고 있다'에 초점을 맞추면 내게 돌아오는 보상이 적게 여겨질 수밖에 없다. 그보다 내가 전문가로서 성장하기 위해 '이 조직을 어떻게 이용할지' 생각하자. 당신이 조직에서 언제나 같은 모습으로 머물 거라고 생각하면 안 된다. 특출한 재능을 뽐내든, 다른 조직으로 옮길 수 있는 강점을 찾든, 조직을 나가서도 살 수 있는 기술을 갖추든 탐색은 계속해야 한다. 일찍 시작할수록 시간은 내 편이다. 내 장점과 욕망을 정확히 파악해서 앞으로 어떤 모습으로 일할지 나만의 답을 찾자.

어렵고 복잡할수록 단순한 핵심

인간관계는 피라미드 같아서
한 명이 삐끗하면 무너져버린다.

인간관계는 어렵다. 좋은 관계를 새로 만들기도 어렵지만, 꾸준히 유지하기도 어렵다. 직장 내 인간관계는 더 어렵다. 직장은 서로 다른 사람들이 한데 모여 같은 목표를 향해 각자 일하는 곳이다. 세대와 성별은 물론이요, 가치관과 배경이 다른 사람들끼리 의견이 부딪히기 일쑤다. 여러 사람과 지지고 볶으며 하루를 보내는 자체가 '월급 값'이라는 생각이 들 때도 많다.

한때 나는 어떻게 하면 이 어려운 인간관계를 좀 더 잘할 수 있을까 고민했다. 말을 청산유수같이 해야 하나 싶어 스피치 학원에 다닐까 생각도 했다. 이목을 끄는 말을 많이 하는 사람이 인간관계를 잘하는 듯 보였기 때문이다. 그런데 마흔 살 가까이 주변의 인간관계를 지켜보니 꼭 그렇진 않았다. 내게 편한 방식, 내가 할 수 있는 방식으로 인간관계를 맺고 유지해야 어색함이 덜하고 스트레스도 덜 받는다.

사람마다 인간관계를 맺는 방식이 다르다. 하지만 10년 넘게 사회생활을 하며 사람들이 공통으로 느끼는 지점이 반드시 있다는 것을 알게 됐다. 같은 사람들과 조직에서 오래 근무한 결과, 경험으로 깨달은 인간관계의 세 가지 원칙이 있다.

먼저 상대방에게 직접적인 비평이나 비난을 하지 않아야 한다. 인터넷에 올라오는 직장생활 경험담 중에 '개념 없는 직장 상사나 동료에게 사이다 날린 썰'을 가끔 본다. '꼰대 상사'나 '없느니만 못한 동료'의 상식 없는 행동을 두고 많은 사람 앞에서 '한 방 먹여' 시원했다는 내용이다. 상대방이 당황해서 받아칠 말을 찾지 못하고 더듬거리는 모습이 그려지기도 한다. 여기에 대리 만족을 느낀 사람들이 사이다를 마신 듯 속이 시원하다며 댓글을 단다. 직장 내 괴롭힘과 부당한 처우를 견디지 못해 퇴사하면서, 회사 컴퓨터를 포맷하고 퇴사하는 '사이다 복수 썰'도 있다. 이런 사람이 진짜 있을까 싶은데, 많은 '좋아요'와 공감을 받는다.

이런 '사이다 썰'의 뒷이야기는 어떨까? 대화 중 사이다를 뒤집어쓴 상대방은 자기 잘못을 통렬하게 뉘우칠까? '다시는 그러지 말아야지'라며 행동을 수정할 결심을 할까? '그렇지 않다'에 오늘 저녁 치킨을 건다. 상대방은 절대 뉘우치지 않을 것이다. 오히려 마음속으로 자신의 행동을 정당화하며 피해자가 됐다고 생각

할 것이다. 다음 기회에 모두 앞에서 복수할 계획을 짜고 있을지도 모른다.

전임자가 포맷하고 간 컴퓨터를 본 후임자는 어떤 생각을 할까? '아, 전임자가 너무 힘들어서 퇴사했구나. 컴퓨터를 포맷할 만도 하지'라며 너그럽게 이해할까? 절대 그럴 리 없다. 이런 일은 후임자가 당황하는 선에서 그치지 않는다. 일하면서 만든 자료가 저장된 컴퓨터의 데이터는 엄연히 회사 소유다. 자산을 훼손한 부분에 대해 회사 차원에서 법적 대응에 들어갈 가능성이 크다. 사이다 썰의 결말은 대부분 의도한 대로 흘러가지 않는다. 몇 년 차 직장인이라면 이런 일이 벌어진 뒤 전개를 대충 예상할 수 있다. 그런 이유로 행동에 옮기는 이는 드물지만, 인터넷에서는 종종 이런 '썰'이 눈에 띈다.

《데일 카네기 인간관계론》(책세상, 2023)에서 말하는 인간관계의 원칙 가운데 '상대방을 향해 직접적인 비난이나 비평을 하지 않아야 한다'가 있다. 의견이 다른 상대방에게 신랄한 비판을 해서 기분 상하게 하지 않아야 한다. 다른 사람을 꼼짝 못 하게 비판하는 것이 잠시 쿨해 보일 순 있지만, 상대방의 감정을 상하게 하는 것은 결국 내게 화살로 돌아온다.

직장생활을 하다 보면 종종 상대방을 비난하고 질책할 상황이 생긴다. 스스로 돌아보고 반성하라는 의미로, 때로는 내 분풀이를 위해 불화살을 날린다. 특히 동료나 부하 직원이 그 대상이 된다. 이 화살을 받은 사람이 자기 잘못을 진심으로 뉘우칠까? 그런 일은 없다. 인간은 논리적인 존재가 아니다. 특히 감정이 다치는 경우, 논리와 이성은 너무 쉽게 제자리를 벗어난다. 누구나 마음 깊은 곳에서는 자기 행동이 옳다고 생각한다.

그런 이유로 책에서는 상대방을 향한 직접적인 비난과 비판은 삼가야 한다고 말한다. 사람들을 비난하기 전에 그들의 관점을 이해하려고 노력해야 한다. 그들이 '왜 그런 행동을 했을까?' 먼저 생각해야 한다고 말한다. 무조건 이해하고 수용하라는 말이 아니다. 내 감정을 직접 뿜어내기보다 상대방이 움직일 만한 마음속 동기를 건드리는 편이 나를 위해 나은 행동이다.

다음은 마무리가 반드시 좋아야 한다. 심각한 소시오패스를 만났거나 법적으로 대응해야 할 일을 당하지 않은 이상, 인간관계에서 일어날 수 있는 많은 일에 꼭 갖춰야 할 자세가 '마무리 잘하기'다. 미팅이나 전화 통화, 프로젝트가 끝나는 시점에 상대방에게 감사 인사 전하기 등 반드시 마무리가 훈훈해야 한다.

공무원의 전화 응대 태도를 측정하는 '전화 친절도' 조사가 있다. 조사자가 민원인으로 가장해서 전화를 받은 사람이 지침대

로 응대했는지 세부 점수와 부서별 등수를 매기는 것이다. 해마다 전화 친절도 조사 기간이 되면 담당자들은 좀 더 긴장하고 전화를 받는다.

전화 친절도 조사의 측정 지표 중에 끝인사와 마무리 태도가 있다. 대화가 끝나고 '더 필요한 사항 없으십니까?', '감사합니다' 등 인사를 하고, 상대방이 전화를 끊은 뒤에 끊는 방법이다. 모든 전화 통화가 좋게 흘러갈 순 없다. 하지만 상식적인 대화를 했다는 가정 아래, 마무리는 항상 감사 인사와 예의 바른 태도로 마무리하는 것이 전화 응대 매뉴얼이다. 민원에 성심성의껏 응대해도 마무리가 나쁘면 좋은 기억을 주기 어렵기 때문이다.

다른 인간관계에서도 마찬가지다. 특히 직장 동료와 업무를 진행하다 보면 의견 대립이 생기게 마련이다. 때로는 격렬한 논쟁이 벌어지고 목소리가 높아지기도 한다. 논쟁을 피하기는 어려워도 대화 끝에 항상 '감사합니다'를 붙인다. 논쟁을 끝내지 못하고 다음을 기약해야 할 때는 이 일에 대한 내 의견은 이렇고, 상대방의 입장을 내가 이해하고 있으며, 이렇게 이어진 대화를 함께 해줘서 감사하다는 뜻을 전달한다.

'감사합니다'로 끝내는 화법은 상대방에게 나와 나눈 대화가 원만하게 끝났다는 인상을 준다. '저 사람과 대화하면 항상 문제가 없고 업무를 원만하게 진행할 수 있다'는 생각을 심어준다. '같이 일하기 편한' 동료야말로 누구나 다 원하는 이상적인 동료 아니겠는가. 상대방에게 그런 사람이 되면 나 또한 그런 동료를 얻을 수 있다.

마지막으로, '약한 연결의 힘'을 믿는다. 약한 연결의 힘strength of weak ties은 미국 스탠퍼드대학교 사회학과 마크 그라노베터Mark Granovetter 교수가 제안한 개념이다. 우리는 가족이나 친한 친구같이 가까운 사람보다 친하지 않지만 '알고 지내는' 사람에게서 실질적인 도움을 받는 경우가 많다는 것이다. 다른 환경에서 생활하는 사람은 나와 가까운 사람과 다른 정보를 접한다. 그런 사람에게서 새로운 정보를 얻는 기회가 생긴다.

직장생활을 하다 보면 '약한 연결 고리'가 자주 만들어진다. 회의에서 한두 번 마주쳤다거나, '아는 사람의 아는 사람'으로 만나 얼굴만 아는 사이가 된다거나 하는 식이다. 조직 밖에서도 마찬가지다. 외부 회의에서 우연히 만나는 사람이나, 전화 통화를 몇 번 주고받으며 이름과 전화번호가 친숙해지는 사람이 나와 약한 연결 고리로 이어지는 사람이라고 할 수 있다.

당신이 너무 바쁜 나머지 따로 시간을 내서 네트워킹을 할 수 없다면, 약한 연결 고리가 네트워킹의 기회를 줄 수 있다. 약한 연결 고리는 말 그대로 '약해서' 언제 툭 끊어질지, 언제 다시 연결될지 모른다. 하지만 긴 호흡으로 생각하며 공을 들여보자.

예를 들어 타 부서에서 업무 협조 요청을 할 때 최대한 성의를 보이는 방법이 있다. 관계는 언제나 일방적이지 않다. 이 부서에서는 항상 내가 요청'받는' 것 같아 억울할 때가 있다. 하지만 요청받는 때가 있으면 언젠가 요청할 때가 온다. 꼭 그 담당자가 아니라도 말이다. 당장 내게 아무런 득이 되지 않을 듯한 관계라도 요청을 매몰차게 거절하지 말자. 조금 인내심을 발휘해 상대방이 하는 말을 웬만하면 일단 경청하자. 혹여 내가 직접 해결하지 못해도 방향을 안내하려는 모습을 보이면 그도 빈손으로 돌아가지 않는 셈이다.

새로운 사람을 만날 기회가 있을 때도 적극적으로 참여하자. 조직에 있다 보면 때때로 '반강제 네트워킹'의 기회가 온다. 다른 부서 사람들과 하는 식사나 워크숍 같은 행사 참석이 대표적이다. 이런 자리에는 자신의 생활과 업무를 방해하지 않는 선에서 적극 참여하는 게 좋다. 낯선 자리가 편한 사람은 별로 없다. 하지만 새로 누구를 알 수 있는 자리를 '내가 직접' 마련하기란 무척 어렵다. 누가 판을 깔아둔 자리에 참석하기는 훨씬 쉽다. 나중에 필요할지 모를 만남의 기회라고 생각하면 어색한 자리에 나서는 마음이 좀

편해진다.

약한 연결 고리에 신경 쓰기는 시간과 에너지 면에서 효율적인 네트워킹 방법이다. 직장인이면서 육아까지 하는 사람이라면 따로 시간과 에너지를 들여 사람을 만나기 힘들다. 1년에 한두 번 있는 부서 회식에 참석할 때도 몇 주 전부터 스케줄 조정이 필요하다. 늦게까지 술을 마시며 서로 인간적인 매력을 확인하는 모임은 상상도 못 한다. 좀 더 현실적인 네트워킹 방법이 평소 약한 연결 고리에 조금이나마 공을 들이는 것이다.

사람들과 전혀 마주치지 않고 직장생활을 할 방법은 없다. 인간관계는 누구에게나 복잡하고 어렵다. 어쩌다 나와 결이 맞는 사람을 만나면 행운이라고 여길 정도다. 내 맘에 들지 않는다고 해서 그 사람과 바로 '손절'할 순 없다. 조직에서 언제 어떻게 다시 만날지 모르기 때문이다. 업계를 떠나지 않는 한, 은퇴 직전까지 다양한 모습으로 얽힐지 모른다.

경력이 쌓일수록 신경 써야 할 일이 한두 가지가 아니지만, '평판'이 가장 중요하다고 해도 지나치지 않다('사내 정치'와는 다른 말이다). 평판은 나 혼자 만들지 않고, 평소 인간관계에서 만들어진다. 나와 가까운 사람이 아니라 내가 잘 모르는 사람이 어디선가 내 평판에 관해 이야기할지 모른다. 평판 관리의 포인트는 좋은

관계를 여러 번 만들기보다 나쁜 관계 한 번을 만들지 않는 것이다. 하지 말아야 할 일을 하지 않는 것만으로 평판을 잘 관리할 수 있다. 여기에 약간의 성의를 보이는 것으로 내 존재를 '좋게' 알릴 수 있다. 인간관계는 어렵지만 핵심은 의외로 단순하다.

내 인생에 주는 선물

공부의 끈을
놓지 않는 이유

직장인에게는 엄마, 엄마에게는 직장인,
서로 다른 역할이 때론 정신적 대피소가 되곤 한다.

바쁜 일상에서 우리는 자아 하나로 살기 쉽다. 특히 직장인은 하루를 대부분 직장에서 보낸다. 유난히 바쁘고 정신없는 날은 미처 해결하지 못한 일이 머릿속에 가득한 채 퇴근한다. 몸은 퇴근했는데 정신은 아직 사무실에 남아 일하는 것과 같은 상태다.

이런 상태가 이어지면 정신적으로 고갈되는 느낌을 받는다. 소진되고 채워지지 않는 삶은 지속 불가능하다. 따라서 우리는 자아를 여럿 만들고 '나'라는 그릇을 다양하게 채울 방법을 찾아야 한다. 최명화 작가는 《나답게 일한다는 것》(인플루엔셜, 2022)에서 '여러 개 얼굴로 사는 것'의 필요성을 이야기했다. 국내 유수 대기업 마케팅 분야에서 최초·최연소 여성 임원을 지낸 그는 우리가 다양한 나를 찾고 표현하는 과정에서 자기의 본질에 가까워질 수 있다고 말한다. 이렇게 분산된 자아는 건강해서 쉽게 무너지지 않는다.

직장인이라면 삶의 무게중심이 직장 업무에 쏠려 있을 것이다. 하루 중 많은 시간을 직장에서 보내고, 대부분의 에너지를 그곳에서 쓰기 때문이다. 최명화 작가가 말한 '중심 잡힌 분산'을 만들고자 할 때는 커리어를 확장할 수 있는 공부를 하는 것이 좋다. 나는 업무와 관련 있는 전공 분야를 심화하기 위해 박사 학위 취득에 도전했다.

내 전공 분야는 석사와 박사 모두 의약화학이다. 우리가 약으로 삼는 화학물질은 상당수가 상대적으로 분자 크기가 작은 탄소화합물이다. 의약화학 분야의 연구는 주로 체내에서 약효가 있을 '분자 골격'을 찾고, 거기에 조금씩 변화를 줘서 약이 될 확률을 높여가는 과정이다. 요즘은 유전자나 세포 치료제 같은 바이오 의약품 개발이 새로운 분야로 주목받지만, 분자 수준에서 화학적으로 여러 가지 시도할 수 있는 의약화학 분야도 여전히 중요하다.

나는 박사과정에 입학한 2013년 당시, 심사부서에서 주로 '원료의약품 등록 자료 심사' 업무를 했다. 의약품에서 약효를 나타내는 화학물질인 원료의약품의 제조 방법과 불순물 관리, 규격 설정에 관한 자료를 깊이 있게 살펴야 했다. 제출된 자료에는 화학구조를 규명하기 위한 기기분석 자료와 화학반응식 등 유기합성 관련 내용이 백화점처럼 나열된다. 따라서 심사 업무에 전공

지식이 많이 필요했다.

나는 학위 과정을 시작한 김에 기본부터 충실히 하고 싶었다. 공교롭게도 학기 중 개설된 과목 중에 전공과 관련된 것을 수강하기 어려운 상황이었다. 나는 학부 시절 공부한 '유기화학'과 '기기분석' 교과서를 꺼냈다. 그사이 개정판도 많이 나왔을 테지만, 내가 공부한 책을 가지고 예전 지식을 되살려봐도 의미 있을 것 같았다. 교과서를 1장부터 읽고 연습 문제를 풀었다. 서른 살이 넘어 기본부터 다시 공부하니 개념을 좀 더 넓은 시야로 이해할 수 있었다.

유기화학과 기기분석 공부는 누가 시키거나 시간에 쫓겨서 하지 않았다. 챕터 순서를 바꿔 필요한 부분 먼저 공부하기도 했다. 다시 공부하기가 한결 수월하고 재미있는 까닭은, '사망년'이라고 불리던 학부 3학년 시절에 열심히 머릿속에 욱여넣은 이력이 있기 때문일 것이다. 기억 속에 봉인한 전공 지식 가운데 세월에 풍화되지 않고 남은 조각을 소환해서 맞추는 기분이었다.

나는 공부에 집중할 시간을 일상에서 확보해야 했고, 출산 후 육아휴직 기간에 학부 교과서 공부를 했다. 신생아 출생 후 부모들은 적어도 몇 달간 밤낮 구분 없이 '5분 대기'하며 생활해야 한다. 출퇴근 시간이나 점심시간이 정해진 직장인과 달리 예측 불가능한 일상이다. 특히 수면 시간이 불규칙하다 보니 낮에도 맑은 정신으로 있기가 어렵다. 나는 아기의 신체 리듬과 내 컨디션이 허락하는 범위에서 공부할 방법을 생각해야 했다.

우선 컨디션이 가장 좋은 시간을 공부 시간으로 정했다. 우리 아기는 두 돌이 넘어서까지 새벽에 두세 번씩 깼다. 매일 밤잠을 설치는 나는 기상 시간이 들쑥날쑥했다. 처음에는 적응하기 어려웠지만 곧 익숙해졌다. 기상 시간이 일정하지 않아도 내 두뇌 회전은 직장인의 생활 리듬에 따라 오전에 조금 더 원활하다는 사실을 알았다. 우선순위에 해당하는 일을 가장 먼저 끝낸다는 생각으로, 아침에 일어나자마자 씻고 책상 앞에 앉았다. 보통 한 시간, 운이 좋으면(?) 두 시간이 확보됐고, 그날 공부할 분량을 오전 중에 끝낼 수 있었다. 부족한 잠은 아기가 낮잠을 자는 오후에 틈틈이 보충했다.

그리고 공부할 장소를 거실 탁자로 정하고 주변에 공부할 책을 비치했다. 거실 가운데 놓인 낮은 탁자가 내 공부 책상이었다. 그 옆에 작은 바구니를 두고 책이 잘 보이도록 쌓았다. 거실 탁자에는 잡동사니를 올려두기 쉽지만, 공부를 시작하기도 전에 탁자 정리부터 해야 한다면 거기에 가고 싶은 마음이 들지 않는다. 아기방에서 거실로 나왔을 때 바로 앉아 공부할 수 있게 탁자에

아무것도 두지 않도록 평소 신경을 썼다.

마지막으로 공부할 때 즐거움을 잃지 않게 했다. 내 공부는 필요성을 느껴 혼자 하는 것이었으므로, 즐거움과 동기를 잃지 않기가 중요했다. 하루에 서너 장 분량의 챕터 두세 개를 목표로 정했다. 그 정도 공부하는 데 한 시간에서 한 시간 반이 걸렸다. 새로운 것을 이해하는 공부라면 시간이 더 걸렸을 테지만, 복습 성격이었기에 그만큼이면 충분했다. 하루를 대부분 아기를 돌보며 지내는 나에게 '공부하는 즐거움'을 잃지 않기가 중요했다. 무리하지 않고 성취감을 얻도록 적당한 목표를 세웠다.

휴직 기간에 하는 공부는 여러 가지 의미가 있었다. 불규칙한 생활에서 스스로 지키기로 마음먹은 루틴이고, 아기와 온종일 보내야 하는 일상에서 육아 외에 성취감을 얻는 중요한 수단이었다. 그 성취감이 하루를 살게 하는 에너지가 됐다. 나는 육아를 핑계로 성장의 끈을 놓고 싶지 않았다. 전공 공부를 다시 하면서, 육아휴직 기간 중 문득문득 떠오르던 조바심과 억울함(?)을 어느 정도 해소했다. 그렇게 다진 전공 지식은 복직 후 의약품 품질 심사 업무에 많은 도움이 됐다.

나는 휴직 기간에 만든 공부 루틴이 어느 정도 익숙해진 뒤 복직했다. 그 후에도 같은 방법으로 매일 조금씩 공부하며 외부

저널에 논문을 투고하기 위한 작업을 계속했다. 하지만 여러 번 투고 거절 메시지를 받고 학위 취득이 늦어질 때마다 조바심이 났다. 주변에 직장생활과 박사 학위 과정을 병행하는 사례가 많아 나도 할 수 있을 거라고 여겼지만, 생각보다 쉽지 않은 과정이었다. 직장인이기에 학위에만 매진하지 못한 것도 이유 중 하나다.

그런데 직장생활이 오히려 학위 과정의 어려움을 계속 되새기지 않을 수 있는 수단이 됐다. 직장에서 어려움이 있어도 논문과 교과서를 읽고 공부하며 업무 스트레스를 덜었다. 직장인과 학생 두 가지 모드로 살기 위해 매일 루틴을 지키는 것이 마음을 다스리는 방법이었다. 직장생활과 공부가 상호 보완하며 내 삶의 가동 범위를 조금씩 넓혔다.

마흔 살 언저리에 공부는 학창 시절처럼 누가 시키지 않고 스스로 선택해서 하는 것이다. 그 선택으로 삶에서 '중심 잡힌 분산'을 만들 수 있다. 일본 메이지대학교의 괴짜로 알려진 사이토 다카시 교수는《내가 공부하는 이유》(걷는나무, 2014)에서 직장생활에 어려움을 겪는 사람이 공부해야 하는 이유를 이야기했다.

그는 어떤 문제 때문에 마음이 편치 않고 답답할 때, 계속 같은 자리를 맴도는 기분이 들 때 잠깐이라도 시간을 내서 공부해야 한다고 말한다. 아름다운 해변으로 휴가를 떠나도 머릿속에 가득한 문제는 쉽게 해결되지 않는다. 지금 해결해야 할 문제와 전혀 다른 영역의 공부를 함으로써 새로운 에너지를 채우는 휴식이 가능하다. 전혀 다른 시각으로 문제를 바라보는 '정신적인 대피소'가 여러 영역에 걸쳐 있으면 문제 해결에 매우 유리하다.

사이토 다카시 교수가 공부를 정신적인 대피소에 비유한 것처럼, 공부는 나를 발전시키는 동시에 현재 겪는 어려운 문제를 해결할 도구다. 직장인의 자아만으로 살기가 바쁘고 힘들어 소진되는 느낌이 강하다면, 나를 채워줄 '공부하는 자아'를 하나 더 만들자. 꾸준한 공부로 커리어의 '지속 가능함'을 확보할 수 있다. 이는 나 자신에게 주는 가장 좋은 선물이 될 것이다.

9년 반 걸려 박사 학위를 받다

나에게 박사 학위는
'잘 버티는 법'을 수료했다는 증거다.

내가 직장에 다니면서 박사과정을 시작한 계기는 단순하다. 지방청에서 본부로 옮긴 지 얼마 되지 않았을 때, 새로운 부서 과장님이 물으셨다.

"유 선생, 박사 학위 있어요?"

"박사 학위는 아직 없습니다."

"시작할 생각은 있고? 심사부에는 박사 학위 준비하는 사람이 많아요. 유 선생도 한번 생각해봐요."

석사과정을 졸업하고 식약처에 입사한 지 3년이 조금 지난 시점이었고, 학위에 대해 구체적으로 생각한 적이 없었다. 석사 졸업을 앞두고 학위를 계속하며 학교에 남고 싶은 마음이 들지 않았다. 석사과정에 있는 많은 사람이 '내 진로를 학계에서 찾을 순 없다'는 사실을 깨닫는다. 나 역시 마지막 학기에 졸업과 취업 준비를 병행했고, 식약처에 입사하고 지방청에 배치돼 3년간 행정 업무를 하면서 박사 학위의 필요성을 별로 느끼지 못했다.

새 부서 과장님 말씀을 듣고 박사 학위에 관해 다시 생각하게 됐다. 연구직만 배치된 의약품심사부에서 처음 일하는 내게 과장님의 말씀은 '심사부에서 제대로 일하려면 박사 학위가 꼭 있어야 하니 얼른 시작하라'는 뜻으로 들렸다. 석사를 졸업하며 '다시 학교로 갈 일은 없을 거야'라고 생각했다. 실험하고 논문 쓰는 일은 정신적으로 매우 고돼서, 다시는 이 일을 하지 않겠다고 다짐했다.

한 번 해봤으니 또 해볼 수 있지 않을까? 석사와 박사과정은 졸업 요건이 좀 다르지만 큰 맥락에서 비슷할 테니 말이다. 일과 공부를 병행하기가 벅차도 조금 부지런하게 움직이면 자신을 업그레이드할 수 있지 않을까? 나는 직장인이니 학계에 몸담는 것도 아니다. 내 역량이 좀 부족해도 일과 병행한다는 점이 참작되지 않을까? 실패한다고 뭐라 할 사람도 없다. 밑져야 본전이다. 이런저런 고민 끝에 결론을 내렸고, 이듬해 내가 졸업한 학교의 박사과정에 지원했다. 석사 시절 지도 교수님이 돌아온 나를 흔쾌히 받아주셨다. 그렇게 나는 졸업한 지 4년 만에 대학원생이 됐다.

대학원에서 학위 과정을 시작하면 일단 필수 학점을 따야 한다. 그러려면 대학원 수업을 듣고 시험을 보거나 과제를 수행해

야 한다. 학부 때와 크게 다르지 않다. 학기마다 개설되는 수업을 살펴서 필수과목을 이수해야 한다. 석사과정이냐 박사과정이냐에 따라 이수해야 하는 학점과 필수과목이 다르다. 코스워크coursework라고 불리는 이 과정을 마치면 졸업시험 응시 자격이 주어진다. 졸업시험에 합격하면 석사나 박사과정을 '수료'했다고 할 수 있다. 수료는 일정을 잘 챙기며 수업을 따라가면 어렵지 않다.

정말 어려운 것은 졸업 요건 채우기와 졸업논문 심사 받기다. 당시 대학원에는 '박사과정 학생은 우수 논문SCI 상위 30퍼센트 이내 학술지에 두 편 이상 발표한 실적이 있어야 졸업논문 심사를 받을 수 있다'는 규정이 있었다. 내게는 그 요건을 갖추는 과정이 무척 어려웠다. 논문 게재 실적을 채우려고 힘들게 논문을 작성해서 투고해도 거절당하거나 이행할 수 없는 보완을 요구받는 경우가 많았다. 그렇게 좀처럼 결실을 보지 못한 채 학술지에 논문을 게재하기 위해 노력해야 했다.

직장과 집이 청주라 학교가 있는 서울에 자주 오가지 못했다. 평일에는 중요한 업무 일정을 피해 조퇴해야 학교에 갈 수 있었다. 학교에 가서 대처하면 빠르게 해결될 문제도 이리저리 시간을 재느라 바로 처리하기 어려웠다. 논문 준비 기간은 더 길어질 수밖에 없었고, 결혼과 임신, 출산, 육아 등 중요한 개인사가 줄줄이 이어졌다. 그사이 시간이 흘러 지도 교수님은 어느덧 정년퇴임을 맞았다. 나는 졸업을 못한 채 교수님을 보내드려야(?) 했고, 다른 지도 교수님에게 배정됐다.

새로운 교수님의 지도를 받으며 논문 게재를 위한 작업을 이어갔다. 나는 여전히 직장 업무로 바빴고, 퇴근하면 아이를 돌보고 집안일을 해야 했다. 논문은 주로 새벽과 주말에 썼다. 한 줄 두 줄 읽어가며 필요한 개념을 정리하고 논문 쓰는 일은 힘들지 않았다. 새로운 개념이 머릿속에서 조금씩 연결돼 재미있었다. 그런데 '이 논문이 과연 게재될까?' 하는 생각이 끊이지 않는 점이 문제였다. 학술지에서 몇 번 퇴짜맞고 보니 의구심이 자라기 시작했다. 의구심과 내 싸움은 생각보다 길고 지루했다.

내가 전공한 의약화학은 약이 될 수 있는 화학물질을 설계하고 합성하는 일을 주로 한다. 그 물질이 효과적이고 안전한 약이 될 수 있는지를 세포실험과 동물실험으로 입증해야 논문이 완성된다. 화학물질 설계와 합성은 내 전공 분야지만, 효과와 안전성을 입증하기 위한 세포실험과 동물실험은 다른 실험실의 협조를 받아야 했다. 그런데 그게 생각보다 쉽지 않았다. 오래전에 받은 실험 데이터로 논문을 쓰는 경우 특히 그랬다. 실험 담당자가 퇴직해서 데이터 해석이나 추가 실험을 요청할 수 없는 상황이 벌

어지기도 했다. 업데이트가 안 되는 데이터로 어찌어찌 논문을 써서 투고해도 보완 요구를 받으면 이행 불가능하고, 그 논문은 세상에 나오지 못한다.

운 좋게 실험 담당자의 협조를 구해도 직장에 매인 상황에서 담당자와 자유로운 의사소통이 쉽지 않았다. 의견은 주로 이메일이나 메시지로 주고받았다. 통화하려면 자료와 필기도구를 들고 계단실로 가야 했다. 나는 효율적인 의사소통을 위해 최대한 데이터를 이해하고 초안을 써둔 상태에서 협조를 구하기로 했다. 내가 직접 파악해서 논문에 조금이라도 내용을 써놓으면 담당자와 효과적으로 논의할 수 있겠다는 생각에서다.

세포 실험이나 동물실험은 익숙한 분야가 아니었다. 나는 비슷한 실험을 한 연구 논문을 읽어 실험의 목적과 과정을 파악하고, 최근 연구 내용이 정리된 리뷰 논문으로 실험에 쓰인 기본 개념을 이해하려고 애썼다. 논문 여러 편을 처음부터 끝까지 읽을 시간이 부족해 필요한 부분을 발췌해서 읽었다.

그렇게 새벽에 공부하며 몇 달을 보냈다. 혼자 나름대로 이해하려고 노력했지만, 실험 데이터의 최종 정리와 해석은 담당자를 찾아 해결해야 했다. 하지만 실험 데이터를 받은 지 몇 년이 지난 상태였다. 지난번처럼 실험 담당자가 퇴직하거나 연락이 어려운 상황이 아닐까 걱정했는데, 다행히 협조받을 수 있는 상황이었다. 담당자는 몇 달 기한을 두고 아직 학교에 있는 상황이라고 했다. 정말 다행이었다! 담당자가 통계 처리와 데이터 해석에 큰 도움을 줬다. 논문을 투고한 뒤 심사자들이 요구하는 추가 실험도 가능했다(이때도 담당자의 결정적인 도움을 받았다). 드디어 SCI 상위 30퍼센트 이내 학술지에 논문 두 편을 연이어 게재하며 졸업 요건을 채웠다.

졸업논문 심사 과정은 비교적 순탄했다. 오래전에 써둔 졸업논문 초안을 꺼내 다듬고, 데이터를 채웠다. 졸업 요건을 채우기 위한 논문 작성과 투고에 많은 시간과 에너지를 들인 터라, 다른 일은 상대적으로 쉽게 느껴졌다. 심사 위원 다섯 분 앞에서 졸업논문 심사를 받던 날은 여름방학을 목전에 둔 6월 초순이었다. 연구 내용을 발표하고 심사 위원의 피드백과 질문을 받으면서, 긴장감과 성취감이 한꺼번에 몰려든 기억이 어제처럼 생생하다.

논문 심사 일정을 마치면 그 학기에 졸업하는 학생들이 모여 '졸업논문 발표회'를 개최한다. 발표회에 가보니 같이 졸업하는 학생들이 나보다 학번이 4~5년 낮았다. 그들은 직장인인 나와 달리 전일제로 실험과 논문에 매달렸다. 나는 9년 전에 입학했으니 그들보다 두 배 정도 오래된 학생이었다. 입학 당시에는 '5~6년이

면 졸업하지 않을까?' 생각했지만, 9년 반이나 걸렸다. 시간이 걸릴 만큼 걸려야 졸업할 수 있다. 논문을 쓰는 동안 종종 학부 강의 시간에 한 교수님이 해주신 말씀이 떠올랐다.

"여러분 중 대학원에 진학할 생각이 있는 학생이 있나요? 나는 여러분이 어떤 진로를 고려하든 되도록 대학원에 진학했으면 좋겠어요. 석사는 문제 하나를 풀어보는 과정이에요. 석사과정을 마치면 주어진 문제를 해결할 능력이 생겨요. 어떤 문제든 일단 하나를 풀어봤으니 다른 문제도 풀 수 있어요. 박사는 본인이 문제를 만들고 풀어가는 과정이에요. 문제를 스스로 만들고 풀어야 하니 훨씬 오래 걸려요. 그렇지만 박사과정을 졸업해서 문제를 만들고 풀면 다른 어떤 일도 할 수 있어요."

약학과 학부 시절은 지식을 빠르게 머릿속에 집어넣고 시험을 봐서 얼마나 아는지 증명하는 과정의 연속이었다. 매 학기 많은 양을 외우고 시험을 치면 각종 지식이 엄청난 속도와 양으로 머릿속을 스쳐 지나가는 느낌이었다. 하도 많은 지식이 다녀가니, 어떤 것은 머릿속에서 자기들끼리 연결되기도 했다. 그것이 재미있었고, 지식이 좀 더 깊은 차원에서 연결되고 발전하면 좋겠다고 생각했다. 교수님 말씀을 들으니, 한 가지 문제를 가지고 해결법을 이리저리 연구하다 보면 학부 때보다 많이 배우겠다는 생각이 들었다.

다른 동기들도 비슷한 생각을 한 모양이다. 당시 많은 동기가 대학원에 진학해, 2년 동안 한 문제를 가지고 부딪치고 깨지고 때로는 돌아가며 배웠다. 문제 해결 방법은 공부와 실험에만 있지 않았다. 실험실 모든 생활에서 문제 해결 방법을 배웠다. 규모가 작지만 처음 하는 조직생활, 매주 교수님께 보고해야 하는 실험 결과, 다른 실험실에 협조를 구하거나 협조하기, 어려운 전공 공부와 시험 등 석사 생활은 여러 의미로 쉽지 않은 과정이었다. 그렇게 네 학기 동안 문제 해결 능력을 업그레이드했다.

직장에 다니며 박사과정을 시작하고 나서는 당시 교수님의 '문제 해결' 화두가 다른 의미로 다가왔다. 박사과정을 시작한 자체가 '내 인생에 내가 낸 문제'라는 생각이 들었다. 이 문제를 푸는 동안 꼬박 9년 반이 걸렸다. 내가 낸 문제는 '어떻게 하면 성장할 수 있을까'에 대한 것이었다. 간단해 보이지만 어려운 문제다. 문제를 풀고 '유 박사'라는 타이틀을 얻었고, '잘 버티는 법'을 배웠다. 잘 버티기 위해서는 나를 갉아먹는 의구심과 공생하는 법을 배워야 했고, 가능성이 보이지 않는 듯해도 나를 믿고 조금씩 밀고 나가는 힘이 필요했다.

50대 구글 디렉터 정김경숙 작가는《계속 가봅시다 남는 게

체력인데》(웅진지식하우스, 2022)에서 커리어를 겁 없이 확장할 수 있는 최고의 무기로 '꾸준한 공부'를 꼽았다. 그가 회사에서 부서를 이동할 때마다 전문성을 갖추기 위해 선택한 방법은 '그 분야 학위 따기'다. 홍보팀에서 일할 때는 언론홍보대학원, 마케팅팀으로 옮겨서는 e-비즈니스학 석사과정, 커뮤니케이션팀으로 이직한 뒤에는 행정대학원에서 공부하는 식이다. 석사 학위를 따기 위해 최소 2년 동안 강의에 꼬박꼬박 참석하기가 쉽지 않았다고 한다.

정김경숙 작가의 공부도 '버티는 과정'이었다. 어려운 과목도 '자리만이라도 지키자'는 심정으로 출석해 공부하면 언젠가 익숙해진다. 모르면 친구나 조교에게 묻고 스터디 그룹을 활용했다. 그는 재직 중 석사와 박사 포함 다섯 개 학위를 취득했다. 작가는 매일 꾸준히 공부하고 버티면 자신의 '최대치'를 만날 수 있다고 말한다.

동의한다. 나는 박사과정을 마치기까지 여러 가지 기술이 필요했다. 처음 보는 논문을 읽고 해독하는 기술, 논문에서 말하는 중요한 메시지를 뽑아내는 기술, 다른 사람의 협조를 구하는 기술 등이다. 그 결과 스스로 내는 어떤 문제도 풀 수 있다는 자신감이 생겼다. 문제를 푸는 열쇠는 간단하다. 문제가 풀릴 때까지 여러 시도를 하며 '버티는' 것이다.

당시 과장님 말씀대로 박사 학위가 심사 업무에 꼭 필요한 것이었을까? 학위를 마치고 '그렇다'는 걸 알았다. 학위를 준비하는 과정에서 논문 찾기, 처음 보는 논문을 이해하고 필요한 내용 뽑아내기 등 심사 업무에 필요한 능력이 향상됐다. 심사는 긴 호흡으로 많은 자료를 꼼꼼히 검토해야 하는 일인데, 여기에도 '잘 견디는 힘'이 필요하다. 학위 과정을 통해 무엇보다 이 '지구력'이 향상됐으니, 학위가 여러모로 도움이 된 셈이다.

박사 학위를 받기까지 9년 반이 걸린 것을 보면 시간 대비 효율적인 과정이라고 말하긴 어렵다. 하지만 그 과정을 통해 버티는 방법을 확실히 배웠다. 탁월함과 재능이 모두 중요하지만, '잘 버티는 사람'이야말로 가장 강한 사람이다. 강한 사람이 될 수 있도록 버티는 경험이 학위 취득의 가장 큰 소득이다.

잘 버티기 위해서는
나를 갉아먹는 의구심과
공생하는 법을 배워야 했다.

배워서 남 주면 돌아오는 것

오늘도 나를 성장시키는
내 주변의 사람들

“선생님, 바쁘실 텐데 죄송합니다. 이것 좀… 혹시 이런 사례를 보신 적이 있는지 궁금해서요.”

키보드 소리만 들리는 조용한 사무실. 누군가 조심스럽게 다가오는 소리가 들렸다. 고개를 들어 바라보니 몇 달 전 입사한 신입 직원. 손에는 잔뜩 고민한 흔적이 역력한 심사 검토서를 들고 있었다. 그러고 보니 얼마 전에 그 직원이 검토 사례가 많지 않은 민원을 배정받았다는 얘기를 들었다. 신입 직원이 들고 온 건 바로 그 민원 검토서였다.

그 민원은 나도 처음 보는 사례였다. 부서 업무의 특성상 새로운 시도로 만든 의약품을 검토하는 경우가 많았다. 아무래도 신입 직원이 혼자 고민하기는 어려웠을 거라는 생각이 들었다. 나는 하던 업무를 잠시 내려놓고 그 직원과 머리를 맞대고 고민하기 시작했다. 똑같은 사례를 내가 검토한 적은 없지만, 전에 비슷한 사례를 다른 직원이 고민한 기억이 났다. 민원 대장에서 그 사례를 찾고, 당시 어떤 방향으로 검토했는지 확인했다. 이전 사례 찾아보기는 심사 방향을 잡는 데 많은 도움이 된다. 방향을 잡고 나라면 어떤 포인트로 검토할지 의견을 제시했다. 그걸 가지고 중간 검토자인 연구관님과 다시 한번 상의해보면 좋을 듯싶다고 덧붙였다. 그 직원은 조금 가벼워진 표정으로 돌아갔다.

심사자는 경험치에 따라 다른 민원을 배정받는다. 신입 직원이 비교적 간단히 심사할 수 있는 민원을 배정받았다고 해도, 이를 해결하기 위해 알아야 할 규정과 가이드라인이 수두룩하다. 심사 업무는 지식을 총동원해서 종합적으로 판단해야 한다. 입사 후 심사자 교육과 멘토링 프로그램이 있지만, 그래도 선배에게 직접 물어봐서 해결해야 할 일이 종종 생긴다. 경력이 있다고 모든 문제의 답을 아는 것은 아니지만, '어디에 뭐가 있더라', '나라면 이렇게 했을 것이다'라는 의견만 줘도 한결 쉬워진다.

나 역시 초보 때는 여기저기 선배를 찾아다니며 조언을 구하고 문제를 해결했다. 시간이 흘러 경력자가 돼서 하루에도 여러 차례 질문을 받게 됐을 때, 되도록 질문자와 함께 고민하고 내 의견을 최대한 주려고 노력했다. 경력자라고 바쁘지 않은 것은 아니다. 경력자일수록 방대한 자료가 첨부된 신물질이나 분류가 애매한 제품 등 난도 높은 민원 위주로 배정받으니 업무량이 많다. 질문이 들어오면 하던 일을 잠시 내려놓고 그 내용을 이해해야 한다. 집중하던 업무에 방해되는 것은 사실이다.

하지만 다른 심사자의 질문을 받으면 오히려 '기회'가 주어졌다고 생각했다. 내 업무만 하다 보면 다른 사람들이 어떤 고민을 하는지 알기 어렵다. 그런데 질문자가 와서 함께 이야기하다 보면 부서 내 '업무 트렌드'를 대략 알 수 있다. 내가 나서서 알려고 애쓰지 않아도 다른 업무를 간접적으로 경험할 수 있는 기회다. 여기에 내 의견을 얹으면 내가 아는 심사 사례도 그만큼 늘어났다.

민원인과 통화 역시 마찬가지였다. 민원 전화는 규정이 애매한 부분을 해석해달라거나, 어떤 규정을 적용해야 할지 알려달라는 요청이 많았다. 그때도 하던 일을 멈추고 질문에 귀 기울이고 어떤 의견을 제시할지 고민해야 했다. 바로 답할 수 있는 문제면 괜찮지만, 잠시 수화기를 내려놓고 자료를 찾거나 다른 사람에게 물어보고 나서 알려줘야 하는 문제도 있었다. 그러면 시간이 더 걸리고, 소모적이라는 생각이 들기도 했다. 그런 전화가 하루에 여러 통 오면 업무에 방해가 될 수밖에 없었지만, 최대한 빠르게 해결하고 원래 업무로 돌아가기 위해 애썼다.

민원 전화도 후배에게 질문을 받는 것과 비슷한 효과가 있었다. 내가 미처 알지 못한 사례를 수집하는 효과였다. 오전에 민원 전화를 받다가 새로 알게 된 내용을 그날 오후 상사의 질문에 대답한 일도 있었다. 원래 알던 지식은 다시 찾아보며 되새길 수 있어 복습 효과를 내기도 했다.

내가 처음부터 '질문을 잘 받자'고 마음먹진 않았다. 지방청 행정부서에서 일하던 1~2년 차 시절, 하루에도 수십 통씩 오는 전화를 받기가 지치고 힘들었다. 일단 전화를 받으면 민원인의 다양한 질문과 애로 사항을 들어야 했다. 할 일이 많은데 도무지 집중할 수 없었다. 전화 받느라 오후가 다 가서 정작 해야 할 일은 야근하며 해결하는 날이 부지기수였다. 하도 전화를 받다 보니 나중에는 '이걸 왜 나한테 묻지?', '이 사람은 왜 이런 것도 모르지?'라는 생각이 가득했다. 끝없이 오는 민원 전화에 기계적이고 냉소적으로 응대하는 날이 이어졌다.

어느 날 대화 끝에 민원인이 정중하게 항의했다. "그런데 주무관님은 전화를 왜 그런 식으로 받으세요?" 순간 정신이 번쩍 들었다. 그런 항의는 처음이었다. 내게 처음 전화한 민원인에게 불친절한 태도로 응대했으니 민원인은 '이 사람 뭐지?' 싶었을 것이다. 그제야 내 태도가 잘못됐다는 생각이 들었다. "아, 제가 잘못했

습니다. 죄송합니다." 바로 사과하고 질문에 대한 답을 안내한 뒤 전화를 끊고 생각했다. 민원인도 나에게 전화하기까지 어느 정도 고민했을 것이다. 업무 중에 쏟아지는 민원 전화 응대가 소모적이고 힘든 건 사실이지만, 조금 더 친절하게 응대해 최소한 불쾌감이라도 주지 말아야겠다고 생각했다. 그날부터 민원인의 전화를 받을 때 이전보다 정성껏 대답했다.

지방청에서 처리하는 민원은 종류가 다양해서 민원인의 나이와 성별, 배경이 천차만별이다. 제약 회사 직원과 통화할 때는 규정을 안내하며 짧게 의견을 제시하는 것으로 충분했다. 반면 규정에 대해 전혀 아는 바 없어 처음부터 설명해야 이해가 가능한 민원인도 많았다.

할아버지 한 분이 민원실로 찾아와서 의약품 허가 담당자와 상담하게 해달라고 요청한 일이 있었다. 민원실에 가보니 할아버지가 직접 개발해 효험을 본 약을 가져오셨다고 했다. 할아버지는 이걸 어떻게 약으로 허가받아 팔 수 있을지 알기 위해 방문했다며 생수병에 담긴 갈색 액체를 보여주셨다. 무엇으로 만들었는지 여쭈니 비밀이라 대답할 수 없다고 하셨다. 난감했다. 할아버지의 좋은 의도와 경험을 무시해서가 아니라, 담당자로서 어떻게 설명해야 할지 감이 잡히지 않았다. 의약품 허가에 관한 전반적인 과정을 처음부터 이해시켜야 했기 때문이다.

식약처에서 의약품을 허가받아 판매하려면 일단 과학적인 자료가 충분해야 한다. 어떤 물질로 만들었는지 분명해야 하고, 그 물질의 안전성과 유효성에 관한 자료, 품질에 관한 자료가 필요하다. 규정에 맞는 제조 시설, 품질관리 시설과 조직도 갖춰야 한다. 어느 정도 경제적인 규모가 돼야 의약품 제조업 허가와 품목 허가를 받을 수 있다. 할아버지가 만든 약으로 주변 사람이 효험을 봤다고 해서 식약처 허가를 받기는 힘들다.

나는 할아버지가 최대한 이해하실 수 있도록 규정을 상세히 설명해드렸다. 할아버지는 생각보다 훨씬 복잡한 절차에 놀란 듯, 의약품으로 허가받는 것을 조금 더 생각해보겠다고 하셨다. 기대한 답을 드리지 못했지만, 처음부터 안 될 일이라고 이야기하기보다 최대한 설명하고 이해시키고자 애쓰는 모습을 보여드리기 잘했다고 생각했다.

민원인의 질문에 열심히 대답하다 보니 시간이 지날수록 내게 도움이 된다는 것을 깨달았다. 많이 설명할수록 머릿속에서 지식이 정리되는 느낌이 들었다. 다양한 사람과 이야기하며 내가 알던 방식과 다르게 접근할 수 있었다. 아는 것을 설명하는 것은 말하기 연습에도 큰 도움이 됐다. 질문한 사람은 내 말에 귀 기울여

들을 준비가 된 사람이다. 이들에게 내 말을 잘 전달할 방법을 실시간으로 고민하며 말하다 보면, 좋은 말하기 연습이 된다.

내가 아는 것을 다른 사람에게 설명하기는 어떤 지식을 효과적으로 배우는 방법이다. 미국 정신과 의사 윌리엄 글래서William Glasser의 학습 피라미드 이론에 따르면, 다른 사람을 가르칠 때 배우는 정도가 95퍼센트라고 한다. 100퍼센트에 가까운 수치다. 읽을 때 10퍼센트, 들을 때 20퍼센트, 관찰할 때 30퍼센트, 보고 들을 때 50퍼센트인 것에 비하면 다른 사람에게 내가 아는 것을 설명하면서 학습하는 효과는 완벽에 가깝다.

돌이켜 보면 내 수학 실력이 가장 좋은 때는 (아쉽게도) 고3 때가 아니라, 한 학기에 수학 과외를 2~3개씩 하던 대학교 1~2학년 시절이었다. 고등학생 때는 수학을 머릿속에 어떻게든 집어넣으려고 애썼지만, 가르치는 일로 돈을 버는 과외 선생 노릇을 할 때는 학생에게 개념을 쉽게 설명할 방법을 고민해야 했다. 그 과정에서 수학을 더 잘 이해하게 됐다. 같은 내용을 반복해 설명하다 보니 저절로 외우는 효과도 있었다.

입사하고 3년이 지났을 무렵, 업무에도 같은 원리가 적용된다는 사실을 깨달았다. 다른 사람의 일을 해결하는 데 내 지식을 동원해 도움을 주는 것은 결코 소모적인 일이 아니다. 내 의견을 말하기 위해 생각을 다듬어야 하고, 그 과정에서 내가 아는 지식이 정리된다. 아는 것을 녹슬지 않게 한 번 더 다듬은 다음 다시 넣어두는 것과 같다. 비슷한 문제를 언젠가 나도 겪을 수 있기에 대비하는 효과도 있다. 그래서 나는 누구에게든 질문을 받으면 기꺼운 마음으로 대답하려고 노력한다.

소속된 조직의 이름만으로 내 정체성을 온전히 정의할 수 없는 시대다. 언젠가 조직을 떠나야 하고, 은퇴 후에도 오랫동안 사회에서 역할을 해야 하는 경우가 많다. 조직에서는 내 역할과 위치를 '업무분장'과 '직위'로 어렵지 않게 정의할 수 있다. 조직 밖에서 내 역할을 과연 어떻게 정의할까? 내가 몸담은 조직에서 익힌 경험과 지식을 바탕으로 내 역할이 정의될 수 있다는 결론에 이른다.

그런 의미에서 주어진 업무를 통해 지식과 경험을 쌓는 것은 조직에서 받는 보상 중 하나라고 생각한다. 지식과 경험을 비약적으로 성장시키는 가장 좋은 방법은 다른 사람과 소통하고 나누기다. 내가 가진 것을 아낌없이 꺼내 보여주고 나누는 만큼 돌아온다. 많은 경우 다른 사람이 가진 것과 시너지 효과를 내면서 보이지 않는 보상이 주어진다.

고민이 잔뜩 담긴 종이 뭉치를 들고 조심스레 나타난 후배는 내 경험치를 올려주러 온 단기 트레이너다. 전화를 건 상대방의 질문에 정성껏 대답하다 보면 내가 지금 겪는 문제에 대한 힌트를 얻을 수도 있다. 그들 모두 내가 아는 것을 설명하고 입증할 기회를 주러 온 셈이다.

내 경험과 지식이 필요하다고 문을 두드리는 사람에게 기꺼이 마음의 문을 열고 옆자리를 내주자. '배워서 남 주기'는 다른 사람을 돕고 내 성장에도 필요한 일이다. 그런 기회가 생기면 나를 '레벨 업' 시키러 제 발로 찾아온 보너스 라운드라고 생각하자.

나만의 '공부 전용 공간'을 만들다

'오늘도 딱 한 시간만 -_-;'

요즘은 업무 시간 외에 공부를 하는 직장인이 많아졌다. 그래서 '샐러던트(saladent, 공부하는 직장인)'라는 말이 생겼을 정도다. 학구열에 불타 공부하는 사람이 있는가 하면, 승진이나 이직, 은퇴 후 대비 같은 이유로 공부하는 사람도 있다. 학생 때 하던 진로 고민이 직장인이 돼서도 이어진다. 평생직장이 사라진 지금, 내 모든 것을 회사에 바칠 순 없다. 커리어 관리는 물론 불확실한 미래에 대비해야 한다.

샐러던트를 꿈꾸는 워킹맘이라면 어떻게 해야 할까? 워킹맘은 퇴근길이 집으로 출근하는 길이다 보니 퇴근 후 공부하기가 쉽지 않다. 아이와 함께 지친 몸으로 집에 들어서면 아침에 출근 준비한 흔적이 정리의 손길을 기다리고 있다. 아이 저녁부터 챙겨 먹이고 씻기면 시간이 훌쩍 지나간다. 최소한의 집안일까지 마치면 아무것도 하고 싶지 않다. 남편과 가사를 분담하지만 힘들기는 마찬가지다. 고단한 하루는 보통 유튜브 보기나 영혼 없이 TV 채널을 돌리는 것으로 마무리한다.

직장과 가정에서 의무를 다하는 것만으로 지친다. 하루하루 몸과 마음의 에너지를 탈탈 털어 쓰기 때문이다. 이런 날이 이어질수록 정신은 쉽게 고갈된다. 이럴 때는 무작정 쉬기보다 나를 '채울 수 있는' 활동을 해야 한다. 텅 빈 나를 채워 존재와 성장을 확인하고 싶다면 '나만의 공부'가 답이다.

직장 업무와 육아, 집안일로 정신없어도 시간과 에너지를 투자해 발전하고 싶은 워킹맘이 많다. 나 역시 아이를 키우는 직장인이지만 업무 외에 학위를 취득하려고 틈틈이 논문 작업을 해왔고, 영어 공부도 놓지 않으려고 애썼다. 직장 안팎에서 새 커리어를 위해 늘 준비한다. 육아와 일, 공부까지 해내기에 시간과 에너지는 충분하지 않다. 나만의 공부를 시작할 수 있도록 일상에서 여건 만들기부터 시작하자.

우선 공간을 확보한다. 집 안이 잘 보이는 곳에 공부 전용 공간을 마련한다. 방 안에 혼자 있으면 집중이 잘될 것 같지만, 바깥 상황이 신경 쓰여 생각보다 능률이 오르지 않는다. 나는 주방에서 안방 입구와 거실이 잘 보이는 식탁을 전용 공간으로 마련했다. 이곳은 접근성이 좋아 진입장벽 없이 바로 공부할 수 있다. 하지

만 잡동사니가 쌓이기도 쉬우므로 보는 족족 치워서 깨끗하게 유지한다. 가족에게 이곳은 내가 공부하는 공간이니 다른 것을 놓지 말아달라고 이야기한다.

그다음에는 시간을 확보한다. 공부 시간은 이른 새벽을 추천한다. 새벽에 공부하면 본격적으로 하루를 시작하기 전, 간밤에 충전한 에너지를 고스란히 쓸 수 있다. 퇴근해서 집에 오면 종일 고된 업무에 지쳐서 보상심리가 작동하게 마련이다. 지친 심신은 SNS 이웃과 소통하거나 넷플릭스로 위로받고 싶다. 책이나 노트북은 쳐다보기도 싫을 때가 많다.

나는 귀가와 동시에 취침 준비 모드로 행동한다. '저녁 먹기→씻기→책 읽고 잠들기'를 빈틈없이 이어가는 것을 목표로, 그 외 불필요한 행동은 하지 않도록 노력한다. 간혹 스마트폰 삼매경에 빠지면 취침 시간이 늦어진다. 스마트폰은 충전기에 꽂아 잘 보이는 곳에 두고, 불빛 색이 변하는 것으로 메시지가 오는 것을 감지한다.

침대에 눕는 목표 시간은 9시로 하되, 아이와 책을 읽더라도 10시를 넘기지 않고 잠든다. 그러면 다음 날 새벽 5시 기상이 어렵지 않고, 출근 준비하기 전에 두 시간쯤 확보된다. 이렇게 확보한 시간은 무척 짧고 생각보다 빨리 흘러가므로, 필요한 한두 가지 일을 하는 데 사용한다. 나는 그날그날 일정에 따라 조금씩 다르지만 한 시간은 공부하고, 나머지 한 시간은 운동하는 데 사용한다. 하루 한 시간씩 꾸준히 하면 생각보다 많은 양을 공부할 수 있다.

그리고 우선순위를 생각한다. 공부하려고 책상에 앉았을 때는 다른 생각을 내려놓는다. 스마트폰은 멀리 두고 집안일에도 신경 쓰지 않는다. 어지럽힌 거실이나 어제저녁에 쌓아둔 설거지가 나를 기다리는 것 같아도 오로지 눈앞의 텍스트에 집중한다. 집안일은 공부를 마치고 출근 준비 시간을 쪼개 10분만 한다. 집안일은 온 가족의 의무라도 책임감을 느끼는 쪽이 많이 하게 마련이다. 하지만 애써 마련한 공부 전용 공간에 귀한 시간을 쪼개 앉았으니 집중해야 한다. 지금은 내가 꿈꾸는 미래를 준비하기 위한 시간이기 때문이다.

마지막으로 공부의 텐션을 유지한다. 나는 약간의 긴장감이 들도록 한 시간 동안 공부할 분량을 미리 정한다. 예를 들어 목표가 참고 문헌 세 페이지를 읽고 논문에 넣을 메시지를 뽑는 것이라면, 중간중간 시계를 보며 속도를 조절해 나 자신과 경쟁하는 식이다. 이런 방법으로 일주일에 논문 한 단락을 완성할 수 있다. 직장생활과 일상을 병행하면서 공부의 텐션을 유지하기 위해서는 적은 시간이라도 매일 꾸준히 집중하는 것이 좋다.

이렇게 시간과 공간을 살짝 다르게 배치하고 적은 시간이나마 꾸준히 집중하면 워킹맘도 얼마든지 샐러던트가 될 수 있다. 매일 아침 오롯이 나만의 공부를 하면, 정신없이 흘러가는 일상에서도 '내 인생은 내가 이끌어간다'는 확신이 생긴다.

워킹맘의 '커리어 지키기'는 다른 사람보다 많은 고민과 노력이 필요하다. 육아 의무와 책임을 부부가 나누는 것이 당연한데도, 현실적으로 그렇지 않은 경우가 많기 때문이다. 그래서 워킹맘에게 커리어 위기가 유독 자주 찾아온다. 지금의 커리어를 탄탄하게 유지하거나 다른 길로 과감히 전환하기 위해서는 부지런히 유의미한 탐색을 해야 한다. 일상에서 소모되는 느낌을 받는다면 더욱 그런 노력이 필요하다. '워킹맘의 공부'를 루틴으로 만들 것을 적극 권장한다. 날마다 하는 공부는 내 커리어와 인생에 주는 작지만 확실한 선물이다.

매일 닦고 조이고
기름칠을 하다 보면

'천천히, 하지만 꾸준히'가
내가 유지어터일 수 있는 비결이다.

인터넷에서 인상 깊은 문장을 봤다.

'인생이 외로울 땐 전화 영어를 하라.'

이유는? 받을 때까지 전화하기 때문이다. 그리고 전화를 받으면 어떻게든 영어로 말할 수밖에 없다. 학생 입에서 영어가 나오도록 대화를 이끄는 것이 전화 영어 선생님이 할 일이다. 영어로 대화하기 힘드니 갑자기 사람이 고프지 않고, 혼자 지내던 시간이 그리워진다.

전화 영어는 직장인이 바쁜 시간을 활용하기 좋은 공부 방법 가운데 하나다. 나 역시 일주일에 두 번, 오전 6시 10분부터 하는 전화 영어 수업을 어느새 5년 가까이 지속하고 있다. 수업 시간이 20분으로 짧지만, 정해진 주제에 따라 영어로 말할 수 있는 거의 유일한 시간이다.

나도 전화 영어 수업이 항상 신나고 즐겁지는 않다. 새벽부터 일어나 '인공지능의 미래'나 '전 세계 K-팝 열풍' 같은 주제로 대화하기는 한국어로도 어려운 일이다. 예습 겸 미리 책상에 앉아 공부하며 전화 영어 수업을 기다릴 때, '혹시 오늘 휴강은 아닐까?' 매번 기대한다. 하지만 내가 등록한 수업은 시스템이 탄탄해서, 5년 동안 선생님이 임시로 바뀐 적은 있어도 예정에 없는 휴강은 전혀 없었다. 잠시나마 외로운 학생이 되고 싶어도 전화 영어는 그럴 틈을 주지 않는다.

내가 전화 영어를 하는 이유는 '영어 감을 잃지 않기 위해서'다. 식약처에서는 영어로 작성한 자료를 읽고 해석할 일은 종종 있어도 외국인과 직접 말할 일은 별로 없었다. 그렇다고 마음을 완전히 놓을 순 없었다. 예기치 않게 국제회의에 참석할 일이 덜컥 생기곤 했기 때문이다. 이런 업무를 맡으면 당장 영어가 절실하다가, 다시 업무 분장이 바뀌면 영어 쓸 기회가 제로에 수렴하기도 했다. 이렇게 영어의 필요성과 절실함이 고무줄처럼 늘었다 줄었다를 반복한다. 꾸준히 대비해야겠다는 생각으로 수년째 전화 영어를 하고 있다.

그야말로 '절실히' 영어를 공부하는 직장인도 있다. 일상적으로 영어를 쓰는 업무 환경 때문이다. 영어에 익숙지 않은 한국인이 영어가 가장 빨리 느는 비결이 '영어로 업무 처리하기'다. 외국인 매니저에게 영어로 보고하고, 매일 외국인과 영상 회의가 잡히는 상황이 되면 영어가 늘지 않을 재간이 없다.

외국계 회사에 다니는 지인 C는 학창 시절부터 영어가 고민이었다. 고등학생 때 이과를 택한 이유도 영어 공부가 너무 싫었기 때문이다. 팝송조차 듣지 않을 정도였다. 이과를 선택하면 정말 남은 평생 영어 공부를 안 해도 되는가? 우리는 답을 알고 있다. 고등학생 때 C는 순진했다. 겪어보니 업무상 영어가 필요하지 않은 산업군은 거의 없다고 봐도 무방하다.

입사 직후 C는 매니저들이 하는 말을 도통 알아듣지 못하고, 자기 입에서 나오는 영어가 형편없어 자괴감이 들었다고 한다. 주말마다 강남의 학원에 다니며 비즈니스 영어를 배우고 책을 사서 독학도 했지만, C의 영어 실력에 가장 도움이 된 건 직접 말하고 쓰는 '현장 영어'였다. 업무를 하며 계속 영어를 쓰다 보니 표현이 저절로 다듬어졌고, 머리를 거치지 않아도 입에서 영어가 술술 나오더란다.

현재 외국계 회사 경력 15년 차인 C는 예의 바른 표현을 쓰는 비즈니스 영어에 능숙하다. 직속 매니저가 인도인, 그 위 매니저가 미국인이라 '밥벌이'를 위해 절박하게 익히니 영어가 늘지 않을 수 없었다고 한다. 그런 C가 얼마 전 '영어 공부 중단' 선언을 했다. 업무용 영어는 이 정도면 됐다고 판단했단다. 영어 공부에 쏟는 에너지를 다른 데 쓰겠다는 말이다. 외국계 회사 경력이 그쯤 되면 자신의 영어 수준에 결단을 내릴 수 있는 모양이다.

업무에서 영어를 쓰지 않는 직장인은 어떨까? 공공 기관 업무에는 공식적으로 우리말과 한글을 쓰는 게 원칙이다. 가끔 인허가에 필요한 영어 자료를 제출하는 경우, 대부분 한글로 된 요약 자료를 함께 제출하도록 규정돼 있다. 보고서나 보도 자료 등 거의 모든 문서도 한글 작성이 원칙이다.

그렇다면 공공 기관 직원은 영어 공부를 하지 않아도 될까? 아니다. 앞서 말한 것처럼 갑작스레 국제회의에 참석하거나, 예정에 없던 해외 출장이 잡히기도 한다. 이런 일은 흔하지 않지만 내가 맡은 업무를 국제적으로 경험해볼 기회다. 심심찮게 마주하는 이런 기회를 영어에 발목 잡혀 놓칠 순 없다.

나의 '영어 레벨 업 프로젝트'는 현재진행형이다. 대학생 때부터 다양한 시도를 했지만 지금 가장 중요하게 생각하는 것은 '지속 가능함'이다. 직장인이자 육아인인 나는 시간과 에너지가 절대 부족하다. 영어 공부도 짬짬이 해야 한다. 이런 상황에서 영어 공부는 지루하지 않아야 하고, 꾸준히 할 수 있을 정도로 가벼우면서도 효과적이어야 한다. 내게 맞는 영어 공부 방법을 찾기 위

해 유튜브 영상이나 인터넷을 찾아보고, 책을 사서 읽어보기도 했다. 다양한 시도 끝에 지금도 꾸준히 하는 영어 공부 방법은 세 가지다.

첫째, 앞에서 말한 전화 영어 수업이다. 직장인 대부분이 영어 공부가 필요하지만, 학원에 다니거나 과외를 받기에는 시간과 돈이 빠듯하다. 전화 영어는 시간과 공간 제약 없이 원어민 수업이 가능하다는 게 가장 큰 장점이다.

나는 수년째 '민병철유폰'으로 공부한다. 필리핀 출신 선생님이 쾌활하고 대화를 부드럽게 이끌어, 시간대를 바꾸지 않고 계속하고 있다. 더 저렴한 다른 업체가 눈에 띄어 바꾼 적이 있다. 그런데 선생님 목소리가 왠지 힘이 없고(새벽 전화 영어는 선생님이 활기차게 대화를 이끌어야 한다), 수업 도중 생활고를 호소하며 뭔가를 판매하기도(맙소사!) 했다. 모든 전화 영어 선생님이 그렇지는 않겠지만 이런 일을 겪고 보니 아니라는 생각이 들었다. 짧은 시간을 알차게 쓰고 싶어서 원래 받던 수업으로 돌아왔다.

나는 전화 영어 수업을 일주일에 두 번, 20분씩 한다. 짧은 시간이라도 만만치 않다. 몇 년에 걸쳐 수업하다 보니 (어쩔 수 없이) 레벨이 높아지기도 했다. '통일에 대한 젊은 세대의 시각'이나 '한국의 부동산 시장 특성' 같은 어려운 주제에 영어로 내 의견을 제시해야 한다. 이런 주제는 즉흥적으로 답하기 어려우니 예습이 필수다. 주어진 질문을 읽고 단어나 표현을 간단히 메모한다. 수업은 내가 질문에 답변하면 선생님이 틀린 표현을 바로 교정해주는 식으로 진행한다. 수업이 끝나면 선생님이 문자메시지로 피드백을 준다. 작문 페이지가 있어 그날 공부한 주제로 작문을 하기도 한다. 작문은 하루 이내에 첨삭 결과를 받는다. 작문 연습도 영어 실력 향상에 매우 도움이 된다.

둘째, 원서 청독이다. 영어 공부할 때 인풋input이 매우 중요하다는 것을 유튜버 '런던쌤'을 통해 알게 됐다. 청독은 듣기와 읽기를 동시에 하는 효과적인 인풋 방법이다. 런던쌤은 언어 학습 이력이 독특하다. 체코 사람인 그는 모국어와 영어, 한국어를 비롯해 5개 국어를 하는 언어 전문가로, 한국에 머물며 유튜브를 통해 한국어로 영어 학습법을 가르친다. 그가 외국어 공부법 영상에서 소개하는 팁은 쉽고 유용하다. 런던쌤은 외국어 학습에서 인풋이 많아야 한다고 강조한다. 인풋을 위해서는 꾸준히 영어를 읽고 들으며 소비해야 한다. 인풋이 일정량 있어야 아웃풋도 있다는 게 그가 강조하는 외국어 학습 원리다.

영어 인풋을 위해 내가 선택한 방법은 원서 청독이다. 눈으로 영어 원서를 읽으면서 귀로는 원어민이 읽는 오디오북을 듣는

다. 원서를 눈으로 읽기만 하면 진도가 좀체 나가지 않는다. 영어로 쓴 글을 읽을 때 뒤로 갈수록 앞에 본 구절이 까맣게 잊힌 경험이 누구나 있을 것이다. 가끔 나오는 어려운 단어나 표현도 걸림돌이다. 궁금해서 사전이라도 찾다 보면 맥이 끊긴다. 큰맘 먹고 영어 원서를 들었다가 끝까지 읽지 못한 경우가 태반이다.

청독은 다르다. 원어민이 읽는 속도에 맞춰 문장을 따라갈 수밖에 없다. 자연스레 진도가 쭉쭉 나간다. 영어 문장을 귀로 들으면 읽기만 하는 것보다 장면이 잘 이해된다. 성우의 목소리에서 느끼는 분위기도 한몫한다. 그렇게 오디오북을 듣다 보면 어느새 원서 한 권을 다 읽게 된다. 원서를 청독하면 그냥 읽었을 때보다 머릿속에 내용이 많이 남는다. 특히 청소년 소설 같은 원서는 쉽고 재미있어서 읽다 보면 시간 가는 줄 모른다. 한 권을 다 읽고 나면 성취감이 큰 것도 장점이다.

청독을 위한 원서는 오디오북을 구할 수 있는 것을 골라야 한다. 나는 '스토리텔'이라는 오디오북 서비스를 정기 구독하면서 원서 청독용으로 이용한다. 스토리텔은 영어 오디오북뿐만 아니라 한국어로 된 소설과 동화도 있어서 다방면으로 활용도가 높다. 내가 고른 원서가 오디오북 목록에 없을 때는 유튜브를 검색한다. 유명한 책은 대부분 여러 챕터로 끊어서 읽은 동영상이 있다. 유튜브로 듣는 오디오북도 생각보다 속도나 발음이 꽤 훌륭한 경우가 많다.

원서를 청독하면 적어도 한 시간은 지루하지 않게 영어 공부가 가능하다. 듣기와 읽기를 동시에 하니 효과적이다. 다만 평일에 시간을 쪼개서 하기에는 맥이 자주 끊기니, 나는 주로 시간이 많은 주말에 하는 편이다.

셋째, '미드' 섀도잉shadowing이다. 드라마 대사로 공부하기 때문에 실전 회화에 가장 가까운 영어를 익힐 수 있다. 한국 드라마의 매력에 빠진 외국인이 한국어를 공부할 때 이 방법을 많이 쓴다고 한다. 섀도잉을 위해서는 드라마 자막을 구해 출력한다(인터넷을 검색하면 웬만한 미드 자막을 구할 수 있다). 먼저 드라마 흐름을 따라가면서 자막을 반복해 읽는다. 어느 정도 익숙해지면 실시간으로 자막을 보지 않고 드라마 대사를 따라 하는 게 목표다.

드라마 장면 단위로 끊어도 대사 분량이 꽤 많아 연습량이 늘 수밖에 없다. 입에 잘 붙지 않는 대사는 따로 표시하고 반복한다. 정 입에 붙지 않으면 아예 외우는 방법도 있다. 감정까지 실어 연습하다 보면 어느새 대사가 입에 붙고 '영어 입'이 터진다. 내가 보기에 학원이나 과외의 도움을 받지 않는 스피킹 연습 중에 가장 효과적인 방법이다. 한참 미드 섀도잉을 하던 때는 잠꼬대도 영어

로 했다. 꿈속에서 드라마 주인공이 됐는데, 연기에 얼마나 감정을 실었는지 눈물까지 줄줄 흘렸다. 꿈속 드라마에서 읊은 대사가 영어였다는 걸 잠이 깨고야 알았다.

영어는 목적이 아니라 도구다. 그런데 무뎌지는 속도가 유독 빠른 도구라는 게 문제다. 몇 주만 내려놔도 감이 훅 떨어진다. 한창 공부할 때는 영어가 저절로 튀어나오지만, 일상이 바빠서 잠시라도 손을 놓으면 언제 그랬냐는 듯 어색해진다. 그만큼 영어 공부는 '가성비'가 매우 낮다. 어쩌겠는가. 매일 조금씩이라도 닦고 조이고 기름 칠 수밖에.

나는 영어를 별로 쓰지 않는 환경에서 시간과 에너지를 쪼개 공부할 방법이 필요했다. 어학연수나 외국 생활 경험이 없고 직장에서도 영어를 거의 사용하지 않는, 바쁜 워킹맘의 영어 공부 방법이다. 언젠가 업무에서 더 전문적인 영어가 필요한 상황이 되면 집중해서 영어에 매진하겠지만, 지금은 나름대로 '지속 가능한 방법'을 쓰고 있다. 그러다 보니 중급 실력은 유지하게 됐다. 토익 시험은 준비 없이 쳐도 900점 안팎이 나온다.

다이어트를 하기로 마음먹었다면 평생에 걸쳐 생활 습관을 조절해야 한다. 극단적인 절식이나 약을 먹고 단기간에 살을 빼면 반드시 요요현상이 나타난다. 평생 지속하기 힘든 방법이기 때문이다. 살 빼는 데 성공했어도 원래 생활 습관으로 돌아오는 순간, 몸무게가 금방 원상 복귀된다. 먼저 식습관을 개선하고 운동 습관을 만들어야 하는 이유다.

영어 공부도 다이어트와 같다. 단기 프로젝트가 아니라 평생 습관으로 가져가야 한다. 단기간에 집중해서 실력을 올렸어도 계속 가다듬지 않으면 영어와 어색한 사이가 되는 건 시간문제다. 다이어터가 '유지어터'로 변신해야 하듯, 영어 공부도 습관이 될 수 있는 나만의 방법을 찾아야 한다.

내 삶은 내가 선택한다

고양이 그림이
넘쳐나면 어때

호랑이를 하도 그린 덕분에
기똥찬 고양이 그림을 얻었다.

"결과적으로 그 물질은 약이 될 가능성이 매우 낮아요."

석사 시절, 신약 후보 물질 설계에 관한 발표를 했는데 교수님께 뼈아픈 총평을 들었다. 2주간 시간을 쪼개 논문을 읽고 머리를 쥐어짜 아이디어를 내고 발표 자료를 준비했다. 교수님은 내가 설계한 물질이 왜 약이 될 수 없는지 조목조목 지적하셨다. 2주는 신약 설계를 준비하는 데 길지 않은 시간이지만 나름대로 열심히 고민했다. 하지만 교수님의 평가가 진행될수록 내 과제는 '신약이 되려다 세상에 나오지 못한 수많은 후보 물질' 중 하나가 돼갔다. 아쉽고 허탈했지만, 교수님은 아랑곳하지 않고 다음 과제를 주셨다. 다시 2주 동안 새로운 신약 후보 물질을 설계해야 했다.

대학원 1학기에 들은 '신약 개발 특론'은 국산 신약 1호 선플라주를 개발한 신약 전문가 김대기 교수님이 담당하셨다. 강의는 이론을 바탕으로 신약이 될 화학물질 구조를 직접 설계하고 그 이유를 설명하는 방식이었다. 학생들이 돌아가며 발표하는데, 나까지 세 명이 듣다 보니 발표 순서가 빨리 돌아왔다. 학기 내내 쉴 새 없이 발표 자료를 준비해야 했다. 대학원생이라지만 학부를 갓 졸업했고, 그런 발표 기회가 별로 없었기에 부담감이 컸다. 교수님의 피드백은 날카롭기 그지없어서, 매번 발표를 앞두고 상처 받지 않으리라 굳게 마음먹어도 헛수고였다.

학부 시절 특강으로 접한 교수님의 신약 개발 스토리는 흥미진진했다. 선플라주와 엠빅스정이 어떻게 세상에 나왔는지, 이전의 다른 약에서 어떤 점을 개선해 만들었는지 듣고 있으면 그동안 배운 지식이 총망라되는 느낌이었다. 신약 개발을 위해서는 질병이 어떤 기전으로 생기는지 알아야 한다. 그러려면 우리 몸의 구조를 분자 단위까지 쪼개서 이해해야 한다. 그중 어디를 타깃으로 해야 치료 효과가 있을지 알아내고, 타깃을 조절할 화학물질의 뼈대를 잡는다. 그 뼈대를 이곳저곳 조금씩 변형하며 가장 효과가 좋고 부작용이 적은 화학구조를 찾아낸다. 생체에서 예상치 못한 부작용이나 효과가 발견되면 그 원인을 밝혀 설계를 수정한다. 이 과정에는 물리학과 화학, 생물학 지식이 동원된다. 분자구조가 작은 화학물질을 가지고 질병 치료에 도전하는 것은 생물과 무생물의 경계에서 이뤄지는 섬세한 작업이었다. 나는 여기에 매료됐다.

그 이름도 웅장한 '신약 개발'을 나도 도전해보고 싶었다.

그렇게 학부를 졸업하고 대학원에 진학해 의약화학을 전공했다. 실험실 생활을 시작할 때는 선배들의 도움을 받아 가장 기본적인 논문 검색 방법과 시약 주문 방법, 간단한 합성 방법을 배웠다. 어디에 쓰일 어떤 물질을 합성할지는 교수님과 상의해서 정했다. 실험 방법은 실험실에서 원래 하던 방법을 사용하지만, 다른 연구자의 논문을 참조해 조금씩 다른 시도를 해보기도 한다. 시행착오를 거듭하며 실험이 점점 손에 익고, 합성할 물질의 특징을 파악한다.

신약 개발이 보물을 찾아 떠나는 여행이라면, 대학원 실험실에서는 처음 여행할 곳을 정하고 짐 싸는 법을 배운 뒤 가까운 곳부터 보물찾기 연습을 하는 셈이다. 논문을 읽고 세미나에 참석하며 요즘은 어디에서 보물을 많이 찾는지 트렌드도 파악한다. 대학원 '신약 개발 특론' 강의에서 두 학기 동안 경험한 신약 개발 도전도 보물찾기의 연습이었다.

신약 후보 물질을 직접 설계해보니 이론과 달랐다. 그동안 배운 지식을 총동원해도 각종 난관에 부딪히기 일쑤였다. 나름대로 설계한 물질은 화학적으로 합성이 어렵거나, 구조상 부작용이 명백히 예측되거나 약효를 나타낼 수 없었다. 애써 설계한 물질이 후

보에 오르기도 전에 우수수 탈락했다. 신약 개발 여정 전에 앞마당도 제대로 탐험하지 못한 초보자에게는 당연한 결과였다. 그래도 과제를 할 때마다 성공적으로 설계할 방법을 고민했다. 빠른 주기로 돌아오는 발표 수업에 따라가기 위해 쫓기듯 논문을 찾아 읽고 교과서를 샅샅이 훑었다. 수강 철회를 선택하지 않는 한, 과제는 이행해야 했다. 내가 설계한 항암제, 류머티즘 치료제 등이 멋진 신약이 될지 모른다는 은근한 기대감으로 벤젠고리와 그 옆에 붙은 곁가지를 무수히 고쳐 그렸다. 이 구조가 왜 약효가 있을지 알려진 물질과 비교하고, 나름대로 가설을 세워 설명했다. 혹시나 효과가 있는 좋은 물질이 될 수도 있겠다는 기대를 매번 품었다.

'호랑이 그리려다 고양이 그린다'는 속담이 있다. 재능이나 역량이 부족한 상태로 어떤 일에 도전했다가 기대에 못 미치는 결과를 낸다는 말이다. 모든 도전은 내 재능과 역량을 넘어서겠다는 의지와 결심에서 시작한다. 교수님의 논리적인 피드백에 내 과제물이 호랑이가 될 수 없다는 사실을 매번 절감했다. 졸업한 지 10년이 훨씬 지난 지금도 동기들과 그때 겪은 어려움을 이야기한다.

당시 나는 학부를 갓 졸업한 대학원 신입생이었다. 배움과 경험이 부족하니 당연한 결과였다. 하지만 발표를 준비할 때 호랑이를 꿈꾸며 노력했기에 신약 개발에 대한 인사이트를 얻었다. 호랑

이를 그리려는 노력으로 고양이를 그리고 말았으나, 그런 고양이 그림이 내게 남아 신약과 관련된 업무에 많은 도움을 주었다.

식약처 심사자는 신약을 개발한 제약 회사가 제출한 자료를 심사한다. 개발 과정에 임상 시험을 포함한 각종 근거를 갖추기 위해 오랜 시간을 보내고, 약으로 시판되기 위한 허가 과정에서 심사자를 만난다. 나는 제출 자료를 심사하면서 이 물질이 얼마나 많은 시행착오를 거쳐 여기까지 왔을까 생각했다.

누구나 자기 역량을 시험하는 새로운 과제에 도전하며 성장한 경험이 있다. 그 과정에서 돌아가지 않는 머리를 싸쥐고 괴로워하거나 자기 실력이 형편없다고 좌절할 수 있다. 한계에 마주하는 도전은 쉽지 않지만, 도전해야 성장할 수 있다. 마치 바닷가재가 딱딱한 껍데기를 벗으며 성장하듯. 가재의 탈피 과정은 생존을 위협하지만, 성장에 필요하다.

최근 나는 수영을 배우면서 비슷한 경험을 하고 있다. 일주일에 세 번 수영장에 가는데, 얼마 전 강사님이 바뀌었다. 새 강사님은 중급반과 상급반 강습을 함께 진행한다. 원래는 수준별로 다른 레인을 썼지만, 이제는 중급반과 상급반 학생이 두 레인을 합쳐 사용한다. 상급반과 함께 운동해야 중급반 실력이 빨리 늘 수 있다는 이유에서다.

속도가 빠른 상급반이 먼저 출발하고 뒤이어 중급반이 출발한다. 상급반 학생들이 수영하는 모습을 보면 교과서에 나오는 그림 같다. 수영은 자세가 중요한 운동이다. 상급반 학생들은 정확하고 효율적으로 움직여 힘을 적게 쓰고, 오래 수영해도 덜 지친다. 나를 비롯한 중급반 학생은 대부분 그 반대다. 동작 한 번에 에너지가 많이 소모되고 그나마 힘의 방향이 분산돼서 앞으로 나가지 않는다. 가뜩이나 부족한 체력이 빨리 소모되니, 강습이 진행될수록 상급반과 중급반은 거리가 벌어질 수밖에 없다.

실력 차이는 특히 접영에서 드러난다. 접영은 무엇보다 체력이 좋아야 오래 할 수 있다. 새 강사님은 체력 향상을 강조하며 종종 접영으로 무려 여덟 바퀴(!)를 돌린다. 한 바퀴도 힘든 접영을 여덟 바퀴씩 어떻게 할까 싶지만, 일단 시키면 무작정 따라갈 수밖에 없다. 다 같이 힘차게 접영으로 시작해도 곧 힘이 바닥나고 자세가 흐트러지기 일쑤다.

접영을 어떤 자세로 해야 하는지 이론은 잘 안다. 양팔을 공중에서 힘차게 한 바퀴를 돌리고 머리는 빠르게 숙이며 물속으로 들어간다. 물속에서는 전신이 머리부터 발끝까지 돌고래처럼 웨이브를 그려야 한다. 그런데 힘이 빠지면 팔이 물 밖으로 충분히 나오지 못한다. 물의 저항이 어찌나 센지 밀가루 반죽을 휘젓는

느낌이다. 팔이 일부만 밖으로 나오니 살려달라고 허우적거리는 듯 보인다. 그렇다고 멈춰선 안 된다. 무섭게 뒤따라오는 상급반 학생들에게 따라잡힐 순 없다. 조급해지면 결국 자유형으로 죽기 살기로 헤엄친다.

그렇게 헉헉대며 여덟 바퀴를 돌면 비록 접영으로 완주하지 못했어도 200미터를 쉬지 않고 수영한 셈이다. 이런 일을 몇 번 반복하니 어느 순간 자유형이 전보다 쉽게 느껴지고, 접영 실력이 조금이나마 늘었다. 상급반 학생들이 우아하고 멋지게 '접영 200미터'라는 호랑이를 그리는 동안, 그저 열심히 쫓아간 나는 '쉬지 않고 200미터'라는 고양이를 그리는 셈이다. 강사님이 의도한 '접영으로 체력 향상'이 이것인가 싶다. 꾸준히 반복하면 언젠가 접영으로 여덟 바퀴도 가능한 날이 올 것이다.

내 실력을 고려할 때 불가능해 보이는 목표에 맞닥뜨리면 도전해야 할지 고민된다. 그럴 땐 눈 딱 감고 한번 해보자. 한동안 고통스러운 나날이 이어지지만, 시간과 노력을 들인 만큼 실력이 늘게 마련이다. 지금 내가 할 수 있는 일보다 높은 목표를 주는 환경에 둬야 얻을 수 있는 것이 있다. 매번 호랑이를 그리겠다는 결심으로 해보자. 그 결과가 호랑이 그림이든, 고양이 그림이든 도전한 결과는 반드시 내 곁에 남는다.

출근길에 마주치는
소나무처럼

나무의 나이테만큼
우리의 삶도 켜켜이 쌓여간다.

"○○ 선생님은 댁이 어디예요?"

부서에 새로운 직원이 오면 환영 인사 끝에 조심스럽게 사는 곳이 어딘지 묻곤 한다. 대답은 직원마다 다양하다.

"저는 오창이에요."

"세종시에 살아요. 가족이 세종시에 근무하거든요."

"집이 잠실이라 통근 버스 타요."

"요 앞에 원룸 얻었어요. 본가가 대구라서 주말에만 가요."

형편에 따라 가까이 거처를 마련한 사람도 있고, 원래 사는 곳에서 출퇴근하는 사람도 있다. 집이 어디냐에 따라 통근 방법과 거리가 천양지차다. 자가용으로 출퇴근하기도 하고, 통근 버스나 KTX를 타기도 한다.

처음 보는 사람에게 개인사를 묻지 않는 것이 예의지만, 지방에 근무하는 직장인에게 어디 사는지 묻는 경우는 조금 다르다.

먼 거리에서 통근하면 체력과 시간이 소진되므로, 직원이 출퇴근에 시간과 에너지를 얼마나 들이는지 미리 알고 같은 부서에서 배려할 부분이 있는지 알기 위함이다.

내가 몸담았던 식품의약품안전처는 충북 오송에 있다. 공공기관 지방 분산 정책에 따라 10여 년 전 서울에서 오송으로 이전했다. 오송에서 근무하는 많은 직원이 가까운 아파트 단지나 원룸촌에 집을 구하거나, 대전이나 세종 등 인근 도시에 산다. 상당수는 수도권에서 도道 경계를 하루에도 몇 번씩 넘나들며 출퇴근한다.

공공 기관이 이전한 대표 지역은 세종시다. 2012년부터 행정안전부, 국토교통부, 보건복지부 등 대표적인 중앙행정 기관이 정부세종청사로 본격 이전했다. 식약처는 이보다 앞선 2010년 11월, 은평구 불광동에서 오송으로 왔다. 식약처는 행정기관이자 연구기관이기 때문에 이삿짐이 다양하고 많았다. 5톤 트럭 100여 대에 실린 이삿짐 목록에는 각종 문서와 사무용품은 물론, 실험에 필요한 기자재와 동물도 있었다. 이들을 안전하게 옮기기 위해 이삿짐을 싸고 푸는 데 많은 인력과 기술이 동원됐다.

오송으로 이사한 당시는 주변 기반 시설이 확충되기 시작할 무렵이었다. 하필 늦가을에 이사한 탓에, 직원들은 그해 겨울이 무척 춥고 황량했다. 벌판에서 불어오는 겨울바람이 매서웠다. 서울에 있을 때와 느낌이 사뭇 달랐다. 주말을 서울에서 보내고 일요일 저녁에 오송으로 내려오는 젊은 직원이 많았다. 오송역에서 느껴지는 황량함이 서글퍼 눈물을 훔친 직원도 여럿 있다.

직장이 오송으로 이전하고 나서 직원들의 생활 모습이 달라졌다. 나 역시 충북에 살 거라고는 생각해본 적이 없었는데, 오송 근처 오창에 터를 잡고 아이를 키우며 10년 가까이 살고 있다. 처음에는 지역 이름조차 낯설었지만, 지금은 삶의 많은 시간을 보내는 오송과 오창에 애정을 느낀다. 생태학자 최재천 교수가 "알면 사랑한다"고 한 말이 삶의 터전에도 적용되는 모양이다. 수도권에 계속 살았다면 몰랐을, 지방에 살며 느낀 특징은 크게 세 가지다.

우선 지역에 대한 공간 감각이 달라진다. 지도에서 보면 청주는 대한민국의 중심부에 가깝다. 왼쪽으로 약간 치우쳤지만 위로 가거나 아래로 가거나 대한민국 어디든 비슷한 시간대에 닿을 수 있다. 몇 년 전에 가족이 통영으로 여행을 다녀왔다. 통영대전고속도로를 이용하니 두 시간 반이 걸렸다. 생각보다 빨리 도착해서 놀랐다. 이사하고 나니 통영이나 거제도같이 남쪽 지방으로 가는 길이 좀 더 짧아진 것이다(서울에서 통영은 차로 네 시간 반쯤 걸린다). 이 정도 거리면 남쪽 지방으로 차를 가지고 더 자주 여행할 수 있겠다 싶었다. 사는 곳이 달라지니 다른 지역으로 이동하는 시간과 방법도 달라졌다.

가까우면 언제라도 가볼 수 있다는 생각에 그 지역이 더 친근하게 느껴진다. 충남이나 전북 지역이 이웃처럼 여겨져 정겹다. 이곳에 살기 전에는 모르던 느낌이다. 언제라도 짬을 내어 만날 수 있는 새 이웃을 생각하면 설렌다.

두 번째 특징은, 인구밀도가 낮아 답답함이 덜하다는 것이다. 얼마 전 서울고속버스터미널 근처에 지인을 만나러 갔다. 붐비기로는 우리나라에서 열 손가락 안에 드는 지역이라는 걸 알지만, 오랜만에 가보고 깜짝 놀랐다. 어디나 사람이 많고, 대화하기조차 힘든 소음이 익숙지 않았다. 그때 느꼈다. 내가 '지방러'가 다 됐다는 것을. 서울에서 느낀 답답함은 집에 돌아와서야 해소됐다. 한때는 그런 활기를 그리워하고 동경했지만, 지금은 사람들 사이에 거리가 많이 확보되는 여유로움이 좋다.

물론 지방도 중심 도시에는 사람이 많다. 하지만 조금 벗어나면 분위기가 확 바뀌고 논밭이 펼쳐지는 등 시야가 한결 여유롭다. 조용함과 한가로움을 찾기 쉽다는 게 지방에 사는 특권이다.

마지막으로, 자가용이 필수품이 된다. 지하철과 버스 노선이 구석구석 닿는 수도권에 살 때와 달리, 자가용이 없으면 이동이 제한적이다. 지방에도 대중교통 노선이 있지만, 택시와 버스

중 하나를 택해야 한다. 버스는 배차 간격이 길고 노선이 많지 않아 이용할 때 정신을 바짝 차려야 한다. 아이와 함께 이동하려면 더 그렇다. 짐이 많고 언제나 뜻대로 움직여주지 않는 아이와 버스 정류장까지 이동하는 것부터 어려운 과제다. 몇 번 시도했다가 정류장에 도착하기도 전에 기운을 빼고 되돌아온 뒤로, 아이와 외출할 때는 가급적 자가용을 이용한다.

지방에 살면서 자동차를 많이 이용하니 거리 개념이 달라졌다. 몇 킬로미터 떨어졌는지보다 시간이 얼마나 걸리는지가 중요하다. 예를 들어 자가용으로 20분 걸리면 실제 거리와 상관없이 그리 멀지 않게 느껴진다. 가는 길에 교통 체증이 없고 주차가 어렵지 않은 지역은 한 번쯤 가봄 직하다(지방이라면 어디나 해당한다). 주말이면 30분 거리에 있는 진천종박물관에도 가고, 40분 거리에 있는 세종호수공원에 놀러 가기도 한다. 천안까지 30분이면 되니 코스트코나 트레이더스 같은 대형마트에 다녀올 수도 있다. 먼 곳으로 이동하는 게 익숙해지니 거리 감각이 확장됐다. '자동차 생활'이 익숙해져서 생긴 변화다.

공공 기관을 비롯해 많은 직장이 지방으로 이전했다. 소속 직원의 지방 이주도 함께 고려한 일이다. 나처럼 살던 곳에서 벗어나는 문제로 고민하는 사람이 많을 것이다. 생계를 위해 직장에 다녀야 하지만, 삶의 터전도 중요한 문제이기 때문이다. 거처를 직장 가까이 옮겨야 할지, 먼 거리를 통근할지도 고민이다. 오래전에 삶의 터전을 만든 사람이라면 훌쩍 옮길 수 없어 더 고민스럽다.

삶의 많은 것을 내려놓고 지방에서 직장생활을 하라고 함부로 말할 순 없다. 가족과 함께하는 삶이 더 중요한 사람이라면 특히 그렇다. 거주지를 옮길 용기와 결심이 필요하고, 경제적으로도 많은 준비를 해야 한다. 힘들게 내려왔다가 여러 가지 이유로 거주지와 직장을 수도권으로 다시 옮기기도 한다. 거주지 이동을 선택하는 고민은 결코 간단한 문제가 아니다.

그런 고민을 하는 사람에게 무리하지 말라고 조언하고 싶다. 개인의 삶과 직장 가운데 어느 것을 희생할까 저울질해야 하는 상황이라면 당연히 개인의 삶이 먼저다. 이미 마련한 삶의 터전을 벗어날 수 없다면 다른 옵션도 생각해야 한다. 지방에 살기를 각오했다면 앞으로 바뀌는 많은 것을 예상해야 한다. 이런 부분을 얼마나 받아들이고 감수할 수 있을지 충분히 가늠해야 한다.

직접 겪어보고 판단해도 좋다. 지방도 사람 사는 곳이니 말이다. 지방에 있는 큰 도시는 백화점, 마트, 공연장 등 웬만한 편의시설을 갖췄다. 집 '바로 앞'에 없을 뿐이다. 약간의 이동을 감수하면 얼마든지 편의 시설을 이용할 수 있다. 이동 거리가 길 때는 짧은 여행길에 오르는 기분이 들기도 한다.

나는 10여 년 동안 직장생활을 하며 틈틈이 곳곳을 누빈 청주가 또 다른 고향이 됐다. 청주 여기저기를 다니며 생긴 추억이 많기 때문이다. 처음에 황량하던 오송 일대가 발전하는 모습을 지켜보는 보람도 있다. 오송역 일대는 아직 공사 중이다. 새 건물이 들어서고 편의 시설이 늘어 지역이 점점 살기 좋아지면 왠지 뿌듯하다. 오송에서 직장생활을 하지 않았다면 몰랐을 일이다. 여전히 잘 모르는 곳을 탐험하는 재미도 쏠쏠하다.

오송보건의료행정타운 표석 옆에 오송五松을 상징하기 위해 심은 소나무 다섯 그루를 매일 아침 출근길에 마주쳤다. 10여 년 전 처음 봤을 때는 줄기가 빼빼 마르고 잎도 별로 없었다. 옮겨 심은 지 얼마 안 돼 괜히 안쓰러웠다. 지금은 제법 뿌리를 내렸는지 줄기가 굵고 잎이 무성하다. 가지도 많이 뻗어서 예전의 모습이 아니다. 소나무 다섯 그루를 볼 때마다 이곳으로 삶터를 옮긴 직장인 같다는 생각이 들었다. 나와 동료들 역시 처음에는 낯설고 뿌리내리기 어려워 원래 있던 곳으로 돌아가고 싶은 마음이 굴뚝같았다. 하지만 시간이 흘러 잘 적응하고 살아간다. 긴 여행을 떠난 듯 지방에 사는 선택도 나쁘지 않다. 직접 살아보니 생각보다 괜찮다.

불투명을 투명하게 하는 말

한 꺼풀만 벗으면 보이는 것을…
알면서도 어렵게 돌아가는 우리

육아를 함께하는 배우자와는 전우애가 깊어진다고 한다. 정말 그렇다. 육아는 신체적으로나 정신적으로 무척 어려운 과제다. 이 과제를 함께 수행하면서 오만 가지 일을 겪다 보면 시간이 갈수록 '사랑하는 사람'보다 '동지' 같은 관계가 된다. 같은 상사를 모시는 동료 혹은 같은 주인을 모시는 머슴이라고 할까. 동료애를 느끼면서도 종종 고깝게 보인다.

'저 사람이 편하면 내가 불편해진다.'

아이와 가정을 돌보며 꼭 해야 할 일이 열 개가 있을 때, 내가 여섯 개를 하면 상대는 네 개를 한다. 내가 여덟 개면 상대방 몫은 두 개다. 할 일을 열 개에서 다섯 개로 줄인다고 해도 이런 식으로 업무가 배분된다. 마치 커다란 통나무를 둘이 받쳐 드는 것과 같다. 상대에게 무게가 덜 가면 그만큼 내게 무게가 더 온다. 내가 이만큼 힘든데 남편의 자세가 조금이라도 편하다니 있을 수 없는 일이다. 혹시 그런 일이 생기면 남편을 대하는 눈길이나 말투가 고울 수 없다.

특히 주말에 그렇다. 아이가 있으면 주말의 여유는 사치다. 평소와 같은 시간에 일어나는 아이를 위해 이른 아침부터 식사를 챙겨야 한다. 아이가 심심해하지 않도록 틈틈이 놀아주고, 쌓인 집안일도 해야 한다. 이 와중에 남편이 누워서 스마트폰을 본다?

'할 일이 이렇게 많은데 설마 지금 논다고!'

뭐 하느냐고 물어보니 해외에서 밤새 날아온 이메일을 체크하고 답장을 보내고 있단다. 일한다는데 할 말이 없다. 대신 틈틈이 스마트폰 너머 남편의 손가락 움직임과 표정을 체크한다. 메일을 쓰는지 스크롤을 내리는지, 표정이 심각한지 웃고 있는지. 조금이라도 긴장이 풀려서 놀고 있는 것 같으면 가차 없이 지시를 내린다.

"일 끝났지? 그럼 서윤이 밥 좀 먹이고 놀아줘. 오늘 아침부터 할 일이 산더미야."

"알았어."

슈퍼컴퓨터 엔지니어인 남편은 평소 야근과 출장이 잦다. 수십억짜리 기계가 갑자기 장애를 일으켜서 새벽에 전화를 받고 현장으로 뛰어나가는 일도 많다. 프로젝트가 한창일 때는 몇 달 동

안 하루걸러 밤을 새우기도 한다. 바빠서 며칠에 한 번 겨우 얼굴을 볼 때면 안쓰러울 만큼 몰골이 말이 아니다. 남편은 격무에 시달려도 결과가 좋으면 성취감이 무척 크다고 한다. 열심히 일한 성과가 확실히 보이고, 칭찬과 인정으로 보상받으니 홀린 듯이 일한다.

문제는 집에서다. 바쁘고 힘든 하루를 보내고 나면 그에게 집은 쉼터로 여겨지는 모양이다. 옷을 훌훌 벗어 던지고 최대한 누워 있으려고 한다. 욕실에 들어가면 한 시간은 기본이다. 집 안 상태가 어떻든 별 관심이 없다. 관심을 둘 에너지가 없거나 못 본 척하는 것 같다. 어쩌면 둘 다인지도 모른다.

나는 일터에서 퇴근하면 다시 출근하는 기분으로 집에 온다. 집에 들어서자마자 아침에 급히 준비하고 나간 흔적을 치운다. 쌓인 빨래를 세탁기에 돌리고, 건조대에 있는 빨래는 걷어서 소파로 옮긴다. 정리해서 서랍에 넣으려면 시간과 에너지가 많이 들기 때문이다. 집에서 요리를 잘 안 하지만, 냉장고에는 버려야 할 음식물이 끝없이 생긴다. 음식물 쓰레기 내놓기도 내 몫이다. 바닥에 굴러다니는 먼지는 눈에 띄는 것만 청소기로 빨아들인다. 이 정도만 해도 저녁 시간이 후딱 가고 몸은 녹초가 된다. 집안일은 대부분 내가 하지만, 남편이 나보다 업무적으로 바쁘고 힘드니 (그리고 상대적으로 가정경제 기여도가 높으니) 그냥 넘어간다.

그 와중에 남편이 미워 보이는 날이 종종 있다. 특히 아이와 함께 출근하는 아침에 그렇다. 아침 시간은 늘 전쟁이다. 잠든 아이를 깨워 간단히 아침을 먹이고, 씻긴 다음 옷을 갈아입혀 집을 나서야 한다. 혼자 준비하고 출근하는 것과 차원이 다르게 신경 쓸 일이 많다. 아이와 차로 근무지까지 이동해서 어린이집에 들여보내야 출근 전 아침 일과가 끝난다. 에너지가 무척 많이 소모되는 일이다. 아이가 아침을 잘 먹으려 하지 않거나, 준비가 조금이라도 늦어진다 싶으면 신경이 곤두선다.

어느 날 남편이 아침부터 지친 표정으로 소파에 누워 있다. 그 모습을 보니 오만 생각이 든다.

'어제 늦게까지 일하는 것 같더니, 오늘은 출근 안 하나?'

'아무리 그래도 그렇지, 서윤이 밥 먹이고 옷 입히는 건 본인 몫인데 왜 저러고 있지?'

'바빠 죽겠는데 5분만 도우면 될 일을, 자기 일 아니라고 저렇게 누워 있나?'

'눈치도 없나? 아니면 내가 우습나?'

생각이 길어지다가 혼자 감정이 상하고 만다. 이 바쁜 아침 시간에 소파에 누워 있는 꼴을 보니 저 사람은 아이 챙기기가 자기 일이 아니라고 생각하는 게 분명하다. 평소 알아서 하다가도 전혀 손대지 않는 날이 있는데, 그날이 그랬다. 5분이라도 협조하면 지각은 면할 텐데…. 그런 말을 하기조차 치사해서 입이 안 떨어진다. 남편이 너무 밉고 쳐다보기도 싫다. 이유를 모르니 일단 용기 내서 한 마디 건넸다.

"어제 늦게 잤어? 아침부터 엄청 피곤해 보이네(내가 혼자 아이 준비시키면서 지각할까 봐 전투모드인 거 안 보여? 지금 그렇게 누워 있는 타당한 이유를 어디 한번 말해보시지)."

"오늘 새벽 4시까지 일하고 잤더니 피곤하네. 계속 급히 해결할 일이 있어서…. 자기 바쁘지? 서윤이 옷은 내가 입힐게. 이 옷 입히면 돼?"

몰랐다. 어젯밤도 내가 모르는 사이에 일에 시달렸는지. 직접 말을 주고받으니 바로 이해가 됐다. 마음이 손바닥 뒤집듯 바뀌었다. 미움과 분노가 순식간에 연민이 됐다. 남편에게 묻지 않았다면 끝내 오해를 풀지 못하고 미움이 커진 상태로 하루를 시작했을 것이다. 분노 에너지는 차곡차곡 쌓였다가 언제라도 폭발할 준비가 된 마그마처럼 마음 어딘가에 묻혔을 것이다.

그날은 남편에게 건넨 (약간 염려가 섞인) 질문이 상황을 해결하는 열쇠가 됐다. 그 상황에서 남편이 일부러 돕지 않았다고 판단하고 집안일을 나 몰라라 하는 그의 행태에 대해 쏟아부었다면 그날 아침은 파국으로 치달았을 게 분명하다. 말 한마디 건네서 남편을 미워하는 마음이 사라졌다. 말하지 않았다면 남편의 상황에 대해 몰랐을 테고, 결국 내 마음만 힘들었을 것이다. 상황에 대한 오해가 이해로 변하고, 내 마음도 분노에서 염려로 바뀌었다.

생각이 많아 하루에도 몇 번씩 만리장성을 쌓는 사람들이 있다. 내가 그렇다. 마음속에서 아무리 만리장성을 쌓아도 말 한마디를 꺼내야 해결되는 일이 많다. '말하지 않아도 알아요'라는 초코파이 카피와 다르게, 대부분 말을 꺼내야 해결된다. 나도 상대방을 모르고, 상대방도 나를 모른다. 말하지 않으면 모른다.

직장에서도 마찬가지다. 입사하고 4년 차, 본부로 발령 난 지 몇 달 되지 않았을 때 일이다. 당시 같은 부서에 계시던 연구관님은 냉철하면서 까다롭기로 유명한 분이었다. 아침마다 한 명은 연구관님에게 혼이 났다. 목소리는 크지 않지만 카랑카랑한 말투가 울려 퍼져 안 그래도 조용한 사무실이 찬물 끼얹은 분위기가 되곤 했다. 내용이 전부 업무에 관한 것이고 워낙 논리적으로 말씀하시니, 당하는(?) 사람은 100퍼센트 수긍할 수밖에 없었다.

어느 날 연구관님이 내게 몇 가지 업무를 맡겼다. 뭔가 조사해서 자료를 만드는 일이었다. 조사는 어렵지 않은데 자료 만들기는 한 번도 해보지 않은 일이라, 혼자 이틀 동안 고민하며 끙끙댔다. 원래 하던 업무가 있어서 이 일까지 하려면 아무것도 제대로 못 하지 싶었다.

'이걸 말해야 하나, 말아야 하나?'

'말씀드렸다가는 나도 어제 ○○○ 주무관처럼 혼나겠지?'

'벌써 못 한다는 말씀을 드렸다가 그 연차에 그것도 못 하느냐고 찍히면 어떡하지?'

고민 끝에 나는 자리에서 벌떡 일어섰다. 혼날 때 혼나더라도 이 상황을 설명해야겠다고 생각했다. 맡은 일을 제대로 못 해서 나중에 혼나나, 지금 혼나나 마찬가지 아닌가.

"연구관님, 지난번 말씀하신 △△ 업무는 말씀하신 데까지 못 할 것 같습니다. 왜냐하면…"

"아, 네. 알았어요. 그럼 □□□까지 해서 주세요."

연구관님은 내 말이 끝나기도 전에 일을 반으로 줄여주셨다. 이틀 내내 머리를 싸쥐고 고민했는데, 말을 꺼내고 몇 초 만에 고민이 사라졌다. 연구관님께 혼나는 상황만 가정하고 지레짐작하며 걱정한 시간이 무색했다.

생각이 너무 많아 머릿속이 부정적인 생각으로 가득할 때가 있다. 가속도가 붙는 것처럼 생각이 한쪽으로 내달린다. 그런 생각은 상대방의 상황과 전혀 상관없을 확률이 높다. 생각이 저 혼자 달려갈 때, 상대방과 이 상황을 정리하기 위한 말을 입 밖으로 내보자. 남편에 대한 미움에서 비롯된 부정적인 생각이 꼬리에 꼬리를 물 때 '말 한마디'가 필요했다. 말하지 않으면 모른다. 상대방이 내 마음을 모르는 것은 물론이고, 나도 내가 처한 상황을 정확히 모를 때가 있다. 한마디를 말함으로써 알게 되는 것이 있다.

이때 감정과 사실을 분리해야 한다. 머릿속에 꽉 찬 생각은 '감정' 때문인 경우가 많다. 감정을 그대로 꺼내 던지면 안 된다. 지금 문제라고 생각하는 상황과 사실에 대해서 말해야 한다. 머릿속에 가득한 부정적인 생각은 내가 내린 '판단'과 감정이 엉킨 실타래다. 그 실타래를 냅다 던지지 말자. 누구라도 갑자기 날아온 공을 맞고 언짢을 것이다. 지금 상대와 내가 처한 사실에 대해 말하자. 상대방과 이 상황을 의논하기 위한 첫마디를 꺼낸다고 생각하자. 실타래 한끝을 상대방에게 쥐여주는 것이다. 의외로 엉킨 실타래가 한순간에 풀릴 수 있다.

홍인혜 작가는 《고르고 고른 말》(미디어창비, 2021)에서 사람을 '영혼이 담긴 두툼한 가죽 부대'에 비유했다. 우리가 말하기 전에는 무엇이 들었는지 도통 모르는 불투명한 주머니일 뿐이다. 하지만 입을 열어 상대방에게 말함으로써 비로소 투명해질 수 있다고 작가는 말한다.

입을 열어 말하기 전에는 나도, 상대방도 모른다. 끝없이 이어지는 생각은 그만 접고, 이 상황과 사실을 전달할 수 있는 담백한 한마디를 건네자. 생각보다 용기가 필요할지 모른다. 하지만 한마디를 꺼냄으로써 어둡던 마음이 밝아지고, 삶의 무게는 한결 가벼워질 것이다. 불투명한 마음을 투명하게 드러내는 일이 마음 건강을 지키는 데 필요하다.

'더는 못 해 먹겠다' 싶을 때

내 생에 우매함의 봉우리는
몇 개가 더 남아 있을까?

새로운 것을 배우는 과정에서, 배우는 정도와 자신감의 관계를 설명할 때 흔히 '더닝 크루거 효과Dunning Kruger effect'를 인용한다. 미국 코넬대학교의 심리학자 데이비드 더닝과 저스틴 크루거 교수가 1999년에 발표한 논문에서 더닝 크루거 효과를 소개했다. 특정 분야를 조금 아는 사람은 자신의 능력을 과대평가하고, 능력이 뛰어난 사람은 자신의 능력을 과소평가하는 현상이다. 자신감과 지식·기술 수준의 상관관계를 나타낸 '더닝 크루거 효과 그래프'는 새로운 것을 배우는 단계에서 우리의 마음가짐이 어떤 양상으로 변하는지 보여준다.

다음 페이지의 더닝 크루거 효과 그래프에서 세로축은 자신감, 가로축은 지식·기술 수준을 나타낸다. 초창기에는 빠르게 '우매함의 봉우리'에 오른다. 잠깐 습득한 얕은 지식에 대해 아는 척하고 싶은 마음이 들고, 조금 있으면 전문가가 될 것이라는 자신

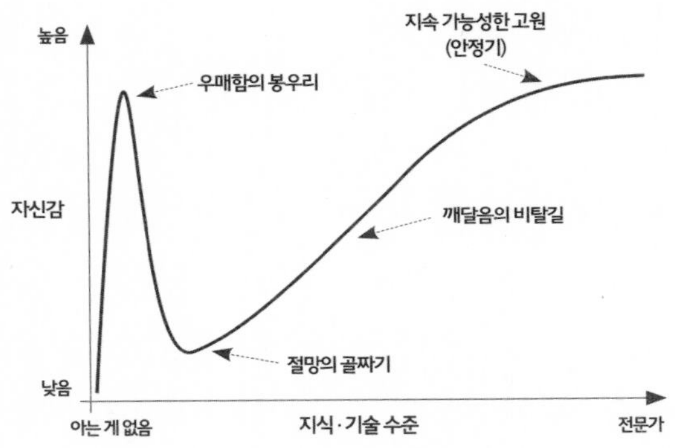

감으로 충만하다. 악기나 운동을 배우기 시작할 때 대부분 이 시기를 거친다. 자신감으로 따지면 전문가에 비견될 정도지만, 실제 지식수준은 매우 낮다. 배우는 과정에서 흑역사는 대부분 이 시기에 생성된다.

우매함의 봉우리에 오르고 얼마 지나지 않아 자신감이 급속히 하락해 '절망의 골짜기'로 곤두박질치는 시기가 온다. 절망감은 보통 자신의 수준을 자각하는 데서 비롯된다. 지식수준이 전보다 높아질수록 내가 모르는 것이 잘 드러나기 때문이다. 절망의 골짜기에서 바닥을 치고 시간이 지나 지식과 기술이 쌓이면 '깨달음의 비탈길'에 오른다. 이때 자신감은 완만한 언덕을 그리며 회복된다. 어느 정도 자신감을 회복한 뒤에는 더 완만한 곡선을 그리며 '지속 가능한 고원'에 도달한다.

우리가 직장이나 가정생활에서 겪는 변화에 적응하는 과정도 더닝 크루거 효과 그래프와 비슷하다. 새로운 변화를 겪고 익숙해지는 과정에서 자신감이 반드시 지식과 기술의 양에 정비례하진 않는다. 초반에는 변화에 대한 설렘, 나의 변화를 보는 주변의 따뜻한 관심에 힘입어 뭐든지 잘할 것이라는 자신감이 충만하다. 이직이나 부서 이동을 하면 새로운 업무와 분위기에 적응하는 시기가 주어진다. 누구나 환영과 안부 인사를 건네고, '신입'으로 인식한다. 일이 서툴러 실수해도 관대한 설명과 함께 용인되는 분위기에서는 '이 정도면 할 만한데?'라는 생각이 든다.

하지만 곧 나의 지식과 기술이 드러나는 것보다 한참 부족하다는 현실을 인지할 수밖에 없다. 실무에서 '한 사람 몫'을 요구받기 때문이다. 그간 쌓은 지식과 기술의 생각보다 충분하지 않다. 자신감과 의지가 초반에 솟구친 기세만큼 빠르게 곤두박질친다. 한동안 '모르는 것 천지'에, '다른 사람에게 물어봐야 해결되는 업무가 절반 이상'인 상태로 지낼 수밖에 없다. '나는 왜 이리 모르는 것투성이인가'로 시작해, '나는 업무에 대한 자질과 역량이 부족하다'는 결론을 하루에도 수십 번 내린다.

결국 '더는 못 해 먹겠다'는 생각이 든다. 자신감은 업무를 시작한 이래 가장 낮다. 절망의 골짜기에서 헤매느라 만신창이가 된 마음을 하루하루 추스르고 다시 도전하는 마음으로 출근하는 날이 이어지면 목 빼고 주말만 기다린다. 이전 부서나 회사에서는 내 판단이 다른 이들의 업무 처리 기준이 된 때도 있었는데, 이제는 그런 시절이 꿈만 같다. 여기서는 '경력이 많은데 일을 못하는 직원'일 뿐이라는 생각이 자꾸 들고, 내 자질과 역량이 의심스러워 '지금이라도 도망갈까'라는 나약한 생각에 빠지기도 한다.

그래프를 자세히 보자. 절망의 골짜기 맨 밑바닥에서도 처음보다 지식과 기술의 수준이 향상됐다. 내 부족함을 계속 확인하는 것도 그동안 지식과 기술이 쌓였기 때문이다. 우리의 진짜 성장곡선은 바로 여기를 기점으로 다시 출발해 완만한 곡선을 그리며 우상향한다. 그리고 지속 가능한 고원으로 향한다. 누구나 지속 가능한 고원에 올라본 적이 있다. 무엇을 배우고 익혀서 다른 사람을 가르칠 수준이 돼본 경험이 한두 번은 있을 것이다. 그때도 분명 어려움을 겪으며 묵묵히 보낸 시간이 있었다.

예를 들어 운전을 처음 배운 때를 떠올려보자. 면허를 따고 운전 연수를 받은 뒤 '이제 나도 운전자'라며 자신감과 기대에 부풀었다. 그것도 잠시. 도로 위의 냉혹한 현실과 부족한 공간지각력에 좌절하며 상당 기간 '초보 운전' 딱지를 떼지 못하고 다녔다. 그러다가 어느 시점부터 자연스럽게 운전이 습관처럼 몸에 붙는다.

절망의 골짜기에 계속 머무르지 말고 지속 가능한 고원을 향해 다시 발걸음을 옮겨야 한다. 골짜기는 봉우리와 연결된다. 멈추지 않으면 봉우리에 닿는다. 내가 선택해서 만든 변화 때문에 "더는 못 해 먹겠다"는 말이 퇴근길에 튀어나왔다면, 지금이 바로 절망의 골짜기 맨 밑바닥을 찍은 때라고 봐야 한다. 여기서 멈추지 않고 나가면 내 발걸음은 다시 봉우리를 향하고, 시간이 지나 지속 가능한 고원에 오른다. 그러면 우리는 변화와 성장을 찾아 또다시 도전할 수 있다. 그때도 지금처럼 우매함의 봉우리를 빠르게 찍고, 다시 절망의 골짜기로 곤두박질쳐서 헤매는 때가 올 것이다. 그리고 깨달음의 비탈길을 지나 정상에 오를 것이다.

이렇게 내가 선택하고 만든 봉우리에 올라서 다음을 기약하는 것이 우리가 성장하는 방법이다. 내가 선택한 변화 때문에 자신을 의심하는 날이 도무지 끝나지 않을 것 같다면, 지금은 '절망'이라고 이름 붙은 골짜기 어딘가를 헤매는 시기라고 생각하자. 이 시기는 누구나 한 번은 거쳐야 한다. 그리고 반드시 오르막길에 이른다. 그러니 지금 골짜기에서 충분히 절망할지언정, 조바심은 내지 말자.

나 자신과는 싸우지 않기

낼모레 마흔이지만
아직 다 크려면 멀었다.

오후 3시 30분. 스마트폰 진동이 울린다. 근무 중에 가장 바쁜 시간이지만, 집에서 가져온 간식을 먹어야 한다. 알람이 울리고 4시가 되기 전까지 과일이나 단백질 바 등을 먹고 이를 닦는다. 저녁을 거르고 다음 날 아침까지 공복을 유지하는 '간헐적 단식'을 위한 간식이다.

바쁘고 정신없는 하루를 보내면 허기가 지기 쉽다. 특히 사무실에서 끝없이 몰려드는 업무나 전화로 스트레스를 받으면 허기가 몰려온다. 정말 배가 고픈지, 마음이 허한지 출처를 모르는 허기다. 머리가 깨질 듯이 아플 때도 있다. 이럴 때 달콤한 간식이 나를 달래준다. 사무실 회의 테이블에는 늘 다양한 과자가 있다. 낱개 포장된 과자를 먹거나 달콤한 인스턴트커피를 마시면 몸과 마음의 허기가 잦아들고 두통도 사라진다. 바삭바삭하고 달콤한 맛을 즐기다 보니 어느새 배고플 땐 과자를 먹는 것이 습관이 됐다.

입이 즐거우니 스트레스가 풀리는 기분이 들어 수시로 가져다 먹었다. 곧 문제가 생겼다. 먹을 때는 기분 좋지만, 속이 항상 더부룩했다. 슬금슬금 군살도 붙었다. 머리를 쓰면 에너지가 많이 소모된다는데, 과자로 섭취하는 열량이 뇌가 쓰는 에너지 소모량을 훨씬 넘어서는 모양이다. 아침 운동도 소용없었다. 몸은 종일 수시로 들어오는 당과 탄수화물에 정확히 반응했다. 옷이 작아지고 속도 편치 않았다.

계속 이럴 순 없다는 생각이 들었다. 뭔가 대책을 마련해야 했다. 과자 섭취를 줄이기 위해 건강하게 지속할 수 있는 식사 습관은 무엇일까 생각했다. 직장인인 나는 시간표가 거의 매일 고정된다. 특히 점심시간이 정해져 있고 식사 약속이 많이 잡히는 편이다. 식사 시간과 식단을 조절하기는 어렵다. 하지만 업무 시간을 대부분 사무실에서 보내니 따로 준비한 간식은 먹을 수 있다.

내 생활 패턴에 맞게 지속할 수 있는 식습관으로 '열여섯 시간 간헐적 단식'이 적합하다는 생각이 들었다. 하루 중 여덟 시간 동안 음식을 섭취하고 저녁을 거르기로 했다. 오후 4시경부터 다음 날 아침 식사 전까지 물이나 차 외에 아무것도 먹지 않는 것이다. 일정하게 공복을 유지해서 혈당을 낮추는 인슐린이 활동할 여지를 주지 않는 것이다. 불필요한 인슐린 분비를 방지해 포도당이

체내에 흡수되고 지방이 축적되는 것을 막는다. 음식을 섭취하지 않는 동안 소화기관에 휴식을 주는 효과도 있다.

나는 저녁을 거르는 열여섯 시간 간헐적 단식을 시작하기로 했다. 다만 가장 활발하게 일하는 오후에 출출해지면 과자 생각이 날 수 있으니, 공복 시간이 되기 전에 간식을 먹기로 했다. 오후 4시는 약간 출출할 뿐, 허기가 심하지 않다. 집에서 가져온 과일이나 두유를 먹고 속을 어느 정도 채우면 더는 간식 생각이 나지 않는다.

집에서는 저녁 식사를 하지 않는다. 대신 얼른 잠들기 위해 부지런히 움직인다. 보통 퇴근하고 집에 돌아오면 저녁 7시가 넘는다. 목표 수면 시간인 9시까지 남은 시간이 두 시간도 안 된다. 아이와 잘 준비를 하고 집 안을 정리하기에 빠듯하다. 모든 미션을 완수하고 침대에 눕는 것을 목표로 바쁘게 움직여야 한다. 허기가 느껴지는 날도 많지만, 다음 날 아침에 뭘 먹을지 기대하며 잠드는 것으로 달랜다. 이렇게 습관을 들인 지 몇 달이 지났다. 나는 저녁 공복을 유지하는 간헐적 단식의 두 가지 효과를 느꼈다.

하나는 느리지만 체중 감량 효과가 있다는 것이다. 아침 운동과 함께 간헐적 단식을 하니 따로 식단을 조절하지 않아도 몸이 조금씩 가벼워진다. 다른 하나는 저녁을 먹지 않아 속이 편한 상태로 좀 더 일찍 잠자리에 든다. 퇴근 후 집에 돌아와 뭔가 먹기 시작하면 과식으로 이어져 배가 잔뜩 부른 채 잠드는 날이 많았다. 저녁을 거르면 불편한 포만감이 숙면을 방해하는 일을 방지할 수 있다. 매일 새벽 시간을 활용하는 내 생활 패턴에도 잘 맞는다.

간헐적 단식을 시작하면서 가장 고민한 점은 '어떻게 하면 지속할 수 있을까'였다. 직장에서 스트레스가 심하고 집에서도 할 일이 많으니 최대한 스트레스를 덜 받으며 자연스럽게 생활에 녹아드는 습관을 찾아야 했다.

제임스 클리어는 《아주 작은 습관의 힘》(비즈니스북스, 2019)에서 습관을 만드는 데 필요한 몇 가지 방법을 제시한다. 나는 간헐적 단식 습관을 만들 때, 이 책에서 말한 '마찰'을 조절하는 방법을 썼다. 좋은 습관을 들이려면 마찰을 줄여서 하기 쉽게 만들고, 나쁜 습관을 없애려면 마찰을 늘려서 하기 어렵게 만드는 것이다.

먼저 '하기 쉽게 만드는 방법'이다. 오후 3시 30분부터 4시까지 간식을 먹어 허기를 없애면 저녁 식사를 건너뛰기 수월하다. 매일 알람을 맞춰두고 되도록 간식 시간을 지켰다. 아침에 과일과 두유, 훈제 달걀 등 냄새와 소리가 거의 나지 않아 사무실에서 먹기 쉬운 간식을 준비한다.

다음은 '하기 어렵게 만드는 방법'이다. 간식을 먹어도 과자

생각이 날 수 있으니 정해진 간식 시간이 끝나면 바로 양치질한다. 입안을 개운하게 만들면 한동안 입에 뭘 넣지 않는다. 몸에 신호를 보내는 작은 '의식'이기도 하다. 이렇게 하면 과자나 음료수 등 달콤한 간식의 유혹에서 벗어나기 쉽다.

나는 다른 습관을 들이는 데도 이 방법을 썼다. 어떤 일을 지속하려면 습관이 돼야 한다. 습관이 되면 의지력이 많이 필요하지 않다. 의지력을 아끼는 않는 것이 포인트다. 의지와 싸우려 드는 순간, 게임에서 질 확률이 높다. 의지를 불태우지 않고 꾸준히 뭔가를 하기 위해서는 세 가지 전략이 필요하다.

첫째, 마찰을 이용한 세팅을 한다. 어떤 습관을 들이기 위해서는 그 행동을 '하기 쉽게' 만들어야 한다. 아침에 일찍 일어나 뭔가를 하고자 계획했다면 전날 준비한다. 아침에 일찍 일어나려면 전날 일찍 자야 하고, 저녁에 일찍 자려면 낮 동안 준비가 필요하다. 직장인은 야근할 상황을 만들지 않는다. 간혹 낮에 집중하지 못하다가 퇴근 시간이 돼서야 찜찜함에 자리를 뜨지 못하는 경우가 있다. 이런 느낌이 들지 않도록 낮에 업무에 집중한다.

새벽에 운동하기로 마음먹었다면 전날 밤 옷과 가방 등 준비물을 현관 앞에 둔다. 아침에 피곤해서 이부자리로 돌아가는 것을 막기 위함이다. 아침에 일어나 옷을 갈아입고 가방을 챙겨 집에서 나가기까지 물 흐르듯 이어져야 한다. 비몽사몽에 준비하면 오래 걸리지만, 전날 저녁에는 2~3분이면 충분하다.

새벽 공부도 마찬가지다. 마음먹고 공부하려는데 책상이 정리되지 않았다면 시간을 낭비하고 의지가 약해진다. 전날 밤 책상 위의 잡동사니를 치우고 노트북도 제자리에 두면 다음 날 일어나자마자 공부를 시작할 수 있다.

둘째, 돈을 주고 산다. 의지만으로 진도가 나가기 어려운 일이 있다. 영어 공부가 대표적이다. 스스로 학습하도록 돕는 교재와 강의가 많지만, 혼자 힘으로 매일 지속하기는 쉽지 않다. 혼자 지속하기 어렵다면 돈을 내고 수업을 듣는 것도 방법이다. 회당 수업에 지불하는 비용을 계산해보자. 그 돈이 아까워서라도 수업에 참여하게 된다. 특별한 이유 없이 빠지면 다음 수업에 선생님 보기가 민망하다. 결국 꾸준히 하는 효과가 있다.

요즘은 적은 돈으로 습관 만들기에 도움이 되는 앱이 많다. 나는 새벽 기상을 위해 '챌린저스'라는 앱을 종종 활용한다. 1만 원 정도를 미리 내고 2주 동안 기상 인증을 하면 그 돈을 돌려받는 방식이다. 100퍼센트 성공하면 약간의 상금까지 보태 돌려준다. '돈을 걸면 무조건 하게 된다'가 이 앱의 모토다. 해보니 정말 그렇다. 미리 낸 돈을 조금이라도 돌려받지 못하는 게 싫어서 매일 새

벽 일어나 기상 인증을 한다.

스마트폰 사용을 차단하는 '포레스트' 앱도 있다. 집중하기 위해 설정한 시간 동안 다른 앱 사용이 차단된다. 그 시간 동안 스마트폰 화면에서 그림으로 된 나무가 자란다. 스마트폰을 사용하지 않은 시간만큼 여러 가지 나무를 키워 아름다운 숲을 만든다는 설정이다. 무료로도 사용할 수 있지만 나는 5000원을 내고 사용한다. 하루 중 얼마나 집중했는지, 어떤 나무를 많이 심었는지 게임처럼 분석해줘 보는 재미가 있다.

셋째, 완벽하게 하려는 마음을 버린다. 내가 정한 루틴에 너무 엄격하지 말고 조금 일탈을 허용하는 것이 좋다. 나는 여행할 때 간헐적 단식 루틴을 잠시 내려놓는다. 동행과 일정을 맞춰야 하고, 여행지에서 맛보는 특별한 식사도 중요하기 때문이다. 루틴을 지키려고 즐거운 시간을 포기하다 보면 불만족스럽고 힘들다는 느낌이 조금씩 쌓인다. 여행지에서 즐거운 시간을 만끽하고, 일상으로 돌아왔을 때 루틴을 다시 시작하는 게 낫다.

지속 가능성이 중요하다. 그러려면 부정적인 느낌이 쌓이지 않도록 해야 한다. 자책하면 지속하기 어렵다. 잠깐 내려놓았다고 완전히 중단한 게 아니다. 그동안 해왔다는 사실을 기억하고 다시 시작하면 된다. 작심삼일이라도 한 달에 세 번 하면 아홉 번이다. 주말 빼고 20일 중 9일이면 거의 절반은 의미 있게 보낸 셈이 아닌가.

미국의 심리학자 로이 바우마이스터Roy Baumeister는 "의지력은 유한한 자원이라 쓰면 없어진다"고 말했다. 이 사실을 아는 버락 오바마, 마크 저커버그 등은 아침에 무엇을 입을지와 같은 '사소한' 결정을 피하려고 매일 같은 패션을 고집한다. 크고 중요한 결정을 하는 데만 의지력을 사용하기 위해서다. 그의 연구에 따르면, 자제력이 강한 사람은 유혹을 잘 참는 사람이 아니라 처음부터 참을 일이 없는 사람이다. 방해물은 눈앞에서 치워 유혹에 고민할 일이 없게 한다. 고민할 에너지를 아껴 목표 달성에 필요한 행동을 한다.

그러니 어떤 계획을 세우고 습관을 만들려면, 그 일을 '할 수밖에 없는 정황'을 모으는 것부터 시작해야 한다. 우리는 일상에서 수많은 결정을 하며 의지력을 소진하기 쉽다. 여기에 나만의 계획을 넣기란 여간 어렵지 않다. 의지력을 쓰지 않는 방법으로 이 문제를 해결할 수 있다. 나를 움직이게 만들 장치를 곳곳에 두고 물 흐르듯이 따라가자. 유혹과 싸우지 않으니 질 일이 없고, 필요한 일을 위한 의지력이 샘솟는다. 작은 습관을 반복하면 좋은 결과를 만들 수 있다. 자신을 목표로 데려가기 위해 날마다 움직일 수 있는 나만의 방법을 찾자.

잠깐 내려놓았다고
완전히 중단한 게 아니다.
작심삼일도 한 달에 세 번
하면 9일 아닌가.

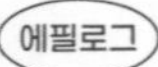

하얗고 깨끗한 마흔을 위해

나는 40년 인생 중 27년을 학생 신분으로 지냈다. 정규교육과 학부 4년을 제외한 석사와 박사과정은 내 선택이었다. 특히 2013년에 시작해 2022년에 마친 박사과정은 직장생활과 육아를 병행하며 9년 반 동안 이어진 인생 최장기 프로젝트였다. 언제 끝날지 모른다는 생각에 조바심이 나면서도 한편으로 즐거웠다.

내가 '학생' 신분이라는 사실이 어딘지 마음 편했다. '더 나은 나'를 위해 노력하는 상황, 목적지(졸업)를 향해 달려가지만 실패하더라도 뭐라고 할 사람 없는 도전이라는 점, 도전하는 수단이 '공부'라는 사실은 내가 직장인이자 학생일 때 은근한 자부심이자 즐거움이었다.

어렵사리 졸업했지만 나는 여전히 학교에 다닌다고 생각한다. 나를 둘러싼 삶의 현장이 학교처럼 느껴지기 때문이다. 직장과 가정생활, 그 외 인간관계 등이 언제나 '배울 거리'를 제공하고, (원하든 원치 않든) 거기서 내가 성장한다는 생각이 든다. 특히 직장생활에서 그렇다. 업무 중 의도치 않게 실수를 저질러 수습한다거나, 예상

치 못한 인연으로 만난 사람과 함께 일한다거나, 동료가 이야기하는 고민을 들으며 나라면 어떻게 할까 생각하는 상황이 직간접적으로 내 경험을 풍부하게 한다.

가정에서는 어떤가. 가족은 늘 내 생각대로 움직이지 않는다. 특히 아이가 그렇다. 세상에 내 맘대로 되지 않는 것도 있음을 절실히 깨닫게 해주는 존재다. 남편 역시 함께 지낸 기간이 아무리 오래돼도 '내 생각과 다른' 존재다. 부모님도 예전의 젊고 힘 있는 분들이 아니다. 이런 상황에서 내 역할을 다하기 위해서는 끊임없이 나를 돌아보며 어떻게 생각하고 행동해야 할지 꾸준히 배워야 한다. 나는 나이 듦과 동시에 경험 '만렙'을 향해 달려가는, 여전히 배움의 길에 있는 학생이다.

이런 경험이 조금 쌓였다는 생각이 들 때쯤, 책을 쓸 기회가 생겼다. 내가 어떤 깨달음을 얻어서라기보다 초보자가 '왕초보'를 벗어난 뒤에 줄 수 있는 팁을 담은 책을 써봐야겠다고 생각했다. 책을 쓰는 자체가 나의 배움에도 도움이 되지 않을까 생각했다. 석사과정에 있는 학생이 졸업논문을 쓰는 것은 공부가 어떤 경지에 올라서가 아니라, 논문을 쓰는 과정이 공부가 되기 때문인 것처럼 말이다.

나는 책을 쓰기 위해 새벽마다 일어나 노트북을 열었다. 새벽에 주어진 시간은 두 시간이 채 되지 않는다. 한기를 막아줄 담요를 머리까지 쓰고 앉아 노트북 화면을 들여다보며 기다렸다. 머릿속에 있는 생각이 글이 되어 술술 나올 거라 기대하면서. 하지만 글보다 허기가 자주 찾아왔다. 그럴 때면 잡념이 없어야 글이 잘 써진다는 핑계로 냉동 만두나 핫도그를 기름에 구웠다. 열량이 높은 아침 메뉴를 우적우적 씹으면서 노트북 화면을 노려봤다.

'거장 무라카미 하루키도 매일 아침 일정한 시간 동안 책상 앞에 앉아 글을 썼다는데, 나도 날마다 노력해야 하지 않을까' 생각했다. 1년 가까이 책상 앞에 앉아 새벽 시간을 보냈다. 자판을 두드려 커서를 밀어내고, 그조차 잘되지 않으면 빈 노트에 연필로 사각사각 써 내려갔다.

글 쓰는 새벽 시간이 지나면 7시 30분부터 평소와 같은 일상이 시작됐다. 마치 꿈에서 깨어난 듯 생활인으로 돌아와야 했다. 씻고, 아이를 깨워 아침을 먹이고 옷을 입혀 우당탕 집을 나선다. 아이를 어린이집에 데려다주고 출근한다. 아침부터 저녁까지 사무실에서 열심히 일한다. 쉴 새 없이 맞물려 돌아가는 조직에서 일상은 시간이 어떻게 가는지 모르게 지나간다. 내가 뭘 어찌할 틈이 없다.

어느 날은 아무 일이 없는데 문득 숨이 가쁜 느낌이 든다. 실

제로 숨을 잘 쉬고 있는데도 말이다. 마치 수영할 때 느낌 같다. 숨이 찬데 팔다리가 움직이는 리듬에 맞춰 나아갈 수밖에 없는 상황, 레인 끝까지 도달하기 위해 가쁜 숨을 어쩌지 못하고 팔다리를 움직여야 하는 상황 말이다. 이렇게 숨차고 바쁘게 돌아가는 일상에 새벽 글쓰기는 잠시 숨을 고르는 시간이었다. 수영 강습에서 빠르게 접영으로 여러 바퀴를 완주하면 중간에 휴식처럼 배영으로 천천히 한 바퀴 돈다. 배영은 얼굴을 물 밖으로 내놓기 때문에 마음껏 숨 쉴 수 있다. 나에게 새벽 글쓰기는 배영을 하는 시간 같았다.

이렇게 써 내려간 '배움과 성장의 기록'이 비슷한 고민을 하는 사람들에게 조금이나마 공감할 지점이 되면 좋겠다. 나처럼 '타임 푸어'라서 고민하는 워킹맘, 바쁜 일상에도 왠지 모르게 정체된 느낌을 받는 직장인 말이다.

앞서 말했듯 내 전공은 의약화학이다. 의약화학의 목표는 새로운 물질을 합성해 신약 후보 물질을 만드는 것이다. 그런데 물질을 만드는 합성보다 어려운 과정이 합성 후 물질을 분리하는 '정제' 과정이다. 반응물질에는 내가 만든 신약 후보 물질뿐만 아니라 온갖 출발 물질, 촉매, 유기용매, 부반응 물질이 섞여 있다. 이 복잡한 혼합물에서 내가 만든 물질을 정제하는 데 훨씬 오래 걸리기도 한다. 어렵지만 합성한 뒤에는 반드시 정제 과정을 거쳐야 하얗고 깨끗한 목표 물질을 얻을 수 있다. 이렇게 정제된 물질이 '신약 후보 물질'이 된다.

이 책을 쓰면서 합성 후 정제 과정을 거치는 듯하다고 생각했다. 내 일상과 생각은 여러 가지가 뒤섞여 복잡한 혼합물이다. 이 혼합물에서 내 성장에 도움을 준 생각과 방법을 열심히 정제해 뽑아냈다. 정제 과정을 거치니 마침내 '하얗고 깨끗한' 물질이 보이는 듯하다. 이제 이 물질이 누군가에게 도움을 주는 신약이 될 수 있는지 알아볼 차례다.

좋은 책은 독자의 머릿속에서 비로소 완성된다고 한다. 좋은 약도 필요한 사람에게 가서 약효를 나타내야 하는 것처럼 말이다. 내 기록이 누군가의 성장에 도움을 주고, 작은 공감과 위로가 됐으면 한다.

이대로 마흔이 될 순 없어

초판 1쇄 발행 2024년 1월 22일

지은이 유지혜
그린이 김일주

펴낸이 김준성
펴낸곳 책세상
등록 1975년 5월 21일 제2017-000226호
주소 서울시 마포구 동교로23길 27, 3층 (03992)
전화 02-704-1251
팩스 02-719-1258
이메일 editor@chaeksesang.com
광고·제휴 문의 creator@chaeksesang.com
홈페이지 chaeksesang.com
페이스북 /chaeksesang 트위터 @chaeksesang
인스타그램 @chaeksesang 네이버포스트 bkworldpub

ISBN 979-11-7131-104-0 03810